Seba · 蝴蝶

Seba・蝴蝶

Seba · 蝴蝶

Seba · 蝴蝶

蝴蝶館 59

臨江仙

下

Seba 蝴蝶 ◎ 著

elegantbooks

因為皇上召見，所以謝尚書得以早點下班，滿懷心事的回家了。

進了門，遲疑了一會兒，擺手揮退家用的青布小轎，安步當車的往浩瀚軒走去。

考都考完了，當然院子也不封了。只是還是挺嚴整有法度的，安安靜靜。他知道賀喜的都會往慈惠堂擠去，瓔哥兒據說病了，琯哥兒是庶子，夫人根本不會把人叫去。

他緩緩的走進去，奴僕一一恭敬行禮。這媳婦兒把這院子當得不錯……走到正房邊的小書房，廊下的小廝丫頭悄然無聲，卻都蹲著下棋。

看棋盤兒，大概是爺們習字的廢紙彈墨畫格子的，還用石頭壓著紙角。棋子呢，似乎是撿來的花雨石，大小不一，分個黑白而已。就這樣也下得津津有味，看到老爺破天荒的大駕光臨，慌得都站起來行禮，正要回稟，謝尚書卻揮手制止，自掀門簾進去了。

瓔哥兒和琯哥兒對案而坐。琯哥兒一會兒抓頭，一會兒翻書，一會兒往紙上寫些什麼……大概在練習寫策論。瓔哥兒臉孔慘白，看起來是真病了，卻低著頭，一個字一個字慢慢的練……他想到外放的琪哥兒，五歲時寫得都比他好看。

媳婦兒坐在一旁，皺著眉有一針沒一針的繡花。看那帕子的質料和大小，大概是男子用的……應該是給瓔哥兒的。

還是顧臨先發覺，趕緊站起來喊，「公爹。」兩個兒子遲鈍了一下，才趕緊也站起來見禮。

他點點頭，拿起了琯哥兒沒寫完的策論看了看。果然是個勤奮的，書讀得好，思路也明白，樸實有文采，字骨有點兒飄，還算俊秀。這點年紀已經很不容易了。

又看了看瓔哥兒練的字……很想罵他兩聲，可他不用功嗎？手都寫腫了，旁邊一大疊練過的紙。這字呢，勉強大小差沒太多，沒糊成一團，看得明白……其實吧，說他文章寫得好，那也只是思路清晰環環相扣，書還是讀得太少。說質樸是好聽，直接說書念太少才是真的。

但真正的致命傷，還是這手字。

剛好媳婦兒出去泡茶，他撿起媳婦兒繡到一半的帕子……啞口無言。真不是一家人，不進一家門。這兒子跟兒媳的字與繡，遠看還勉強，近看就慘不忍睹。

顧臨看公爹在看她繡的帕子，捧著茶尷尬得不得了。陪笑著奉茶端點心，謝尚書沒抱什麼期望，意外的茶香點心好吃，詫異了，「浩瀚軒的廚子不錯呀，賞。」

結果顧臨更尷尬，小聲的說，「……回公爹，茶是媳婦兒親自泡的……那碟杏仁酥，也是媳婦兒親手作的。」

謝尚書心情好多了。就是，家裡又不是沒有針線房，哪需要媳婦兒女紅多精緻。能理家懂廚藝，還是比較實惠。

他隨口問問兩個兒子在做些什麼，漸漸的閒聊起來，氣氛溫馨多了。聊著聊著，「怎麼你們院子開始風行下棋？外面聽用的都蹲著下，迷得很。」

顧臨苦笑兩聲，「白站在那兒等著伺候也無聊，只能嚼舌根生事。下下棋學得心眼活泛些，不誤差事就好。」

剛開始她也沒想到會風行起來，就是隨手教了甜白那幾個小姊妹下圍棋。浩瀚軒的主子都不怎麼愛好此道，下人也不知道這風不風雅。只是圍棋要下得很風雅昂貴容易，但要下得便宜簡單也不難。

甜白幾個貼身丫頭，還下得比較講究。是拿茶污過的桌巾洗過繡出格子，兩盒棋子兒還是撿菩提子兒染色的，哪時閒了一鋪桌巾兩個盒子開始下棋。其他奴僕就沒那麼講究，二爺寫廢的紙多呢，跟府裡木匠商量一下，量好尺寸彈彈墨就是一張紙棋盤。京裡盛產雨花石，園子裡就不少，自去撿就是了，挑挑大小，一樣也下得挺樂。

下圍棋麼，也不比打馬吊難。什麼棋譜不棋譜，他們也不懂。最重要的，他們就是單純覺得好玩，壓根兒不知道什麼雅不雅的。

但謝尚書卻非常酷愛下棋，可惜是個臭棋簍子——棋癮很大，卻漏洞百出、盡出臭棋，下得極爛。他養的那票清客幕僚被邀下棋，就愁眉苦臉，千百個不願意。

後來謝尚書很愛蹓躂到浩瀚軒，也不用兒媳兒子伺候。反正好茶好點心缺不了他，隨便逮個丫頭小廝都能陪他下棋。而且這些小孩子挺認真，棋路沒啥章法卻很潑辣，不會故意輸他。雖然文人墨士中，他是個臭棋簍子，但在這些小丫頭小廝面前可高人了。

還真沒想到，能偷得浮生半日閒的所在，居然是他曾經最痛心疾首的兒子院子裡。

一門同榜兩秀，謝夫人也就高興了兩天，之後就非常不高興了。京畿秀才呢，這多難得多尊貴啊，還都要喊她母親。上門賀喜的人都要踩破門檻了，她好不容易才能顯擺兩天，謝尚書就閉門謝客了。

這還不算，總讓她擺幾天賀喜酒吧？要知道多少有頭有臉的夫人明示暗示過了。可老爺那死腦筋，大發脾氣，只准她擺幾桌，就只請親戚喝個熱鬧，還特別讓顧府那個窮翰林親家和子琯那小雜種的從五品小官準親家上座……

這算什麼？這算什麼?!連蓉蓉跟在她旁邊伺候都被趕走了，這不是生生打她的臉？

最讓她恨得牙癢癢的，還是子琯那小雜種。要不是看他中了京畿秀才，將來還有點用處，她才懶得管他的親事。這小雜種真是不知好歹，堂堂國公府的小姐不要，硬說他已經訂親，不能有點功名就棄糟糠……我呸！

訂什麼親？才換庚帖而已，六禮還沒行呢。不趁現在悄悄兒趕緊退了結高親，過了這個村還有這個店？嫌人家小姐和離過？也不想想自己是個什麼東西！

她什麼不是替謝家著想？老爺怎麼不能體會她的苦心？居然還罵她，就會罵她！逼著她去給小雜種議親，她就不去怎麼了？從五品小官也配她這正二品夫人行六禮！

結果老爺……老爺居然叫她那不省心的兒媳婦去行六禮，把這件親事定死了。那個不孝媳婦竟敢真越過她去了，根本沒把她這婆婆放在眼裡！

連唯一能靠的兒子瓔哥兒，好不容易把人叫來了，她這廂委屈正說啊，她那沒肝沒肺的兒子居然睡著了，還打鼾……真白養白疼他了！

氣得她抱著津哥兒，和蓉蓉抱頭大哭了一場。

謝尚書這輩子就沒有這麼累心過。

他一直以為，老妻也就有些刻薄糊塗……他也沒多指望。少出門就是了，反正出門不會說話，淨得罪人，她又白委屈，不如在家作威作福。禮法有分，嫡庶有別，她這主母嫡母沒做得太出格，他又是一心撲在前程上，沒大錯就算了。

老二讓她養廢了，他抱怨過嗎？頂多把老四送回老家而已。她苛刻老三，說過一嘴兒嗎？也就勸勸她，結果老三遠走高飛，差點連他這個爹都不認了，他抱怨過嗎？

男主外女主內，他超過這個分際有沒有？沒有吧？

結果他錯了，錯得離譜。

這是京城，京城啊！一門同榜兩秀，多少人嘴裡道喜心裡暗恨，偏偏考選就是禮部管的。饒是考官都是皇上欽點，他半點沒沾手，都察院的彈劾奏摺多高一疊啊！只差沒戳著他鼻子說他買通考官洩題了！

高調大辦？他敢？他能幹到這位份就是他謹小慎微！

好，他解釋。老妻只鬧著不給她臉面，完全聽不見去。

但也不能不辦啊。不辦就有公孫布被之嫌，咱們親戚樂和樂和，開開心心不挺好？兒媳的親家是一定得請的，沒這兒媳就沒今天出息的兒子，不趁機彌補多年隔閡更待何時？琯哥兒的準岳父更要請，琯哥兒還是白丁的時候，人家不嫌棄肯嫁女兒了，中個秀才又不是當了駙馬爺，可以說不延請上座嗎?!

老妻不給好臉色那就算了，妳怎麼能在顧府親家面前，把上不得臺面的姨娘帶出來啊？那是妳兒子的姨娘不是我的姨娘，就算妳要帶出來，也是服侍妳媳婦不是妳！這麼丁點禮法妳都不懂嗎？夫人？

他的夫人還真的不懂欸。晚上他好言好語的相勸，老妻將他推出鎖門，把他氣怔了。

行！整個慈惠堂都給妳，老爺我睡書房去！

真正讓他光火的是，他那糊塗老妻，居然要把子琯的婚事退了，去攀國公府。嫌日子太好過了是吧？怎麼不想想為什麼國公府肯把嫡小姐嫁給一個庶子，兩個年紀還差五歲？

那個嫡小姐的名聲，跟打破頭之前的瓔哥兒有拚。要不是國公府小姐，那是一紙休書沒得和離的。

就算不論這小姐的好壞，庚帖都換了退什麼親？人家姑娘還要不要嫁了？又不是公主看上琯哥兒逼不得已了！

就是越想越火大，越想越不安。老妻不願去，他乾脆命令兒媳去行六禮。當年公主搶了兒媳婦顧臨的婚事，就是因為兩方只換了庚帖。不牢靠，太不牢靠。趕緊把六禮行了，把親事定死，言明小姐十六，琯哥兒十七，就把兩個孩子的婚事辦好。

絕對不讓那個什麼國公府小姐有機會進他家的門。

他真快氣出病來了，累心，太累心！索性飯也不回慈惠堂吃了，回家直奔浩瀚軒。兒媳不會少他一口飯，兒子也不會說糊塗話氣他，還有多到數不來的人陪他下棋！

結果沒幾天，公爹在戌時三刻跑來浩瀚軒，臉都綠了，一疊聲喊著傳酒。酉時公爹才吃過飯下了幾盤棋回去歇了，怎麼現在又氣急敗壞的跑回來？這不是媳婦兒能問的，琯哥兒和瓔哥兒上前勸著，她忙去廚房傳酒擺席。

上了酒菜，顧臨就退下了，讓小廝丫頭招呼著。她畢竟是人媳婦兒，這種場合不適合出頭，只在房裡聽動靜，讓甜白盯著，有事回報。

結果喝到子時才消停，瓔哥兒累了個不輕，臉色慘白的回來。酒味很輕，想來沒喝，只是蹭了點。

「公爹還好吧？」這時她沒嫌棄瓔哥兒沒洗澡就往羅漢榻倒，只趕緊取了針和瓶子，可憐連考三場，到現在都沒能歇回來，家裡又日日的鬧。

瓔哥兒滾進她懷裡，在大腿上掙了舒服的位置。乖乖的舉起左手讓她扎針，又乖乖的放下。「總算是血見紅了……之前都是黑的，忒可怕。」一臉鬱鬱，又有點好笑。

「爹醉得一塌糊塗，阿琯也沒好到哪去……一老一小抱頭痛哭呢，拽都拽不開，只好讓他們一起睡下了，李大總管親自守夜。」

「……今兒個是怎麼啦？」顧臨習慣性的揉著瓔哥兒依舊紅腫的手。

他笑了一聲，「我那娘……送了個千嬌百媚的漂亮丫頭去書房服侍老爺。才十三哩。」瓔哥兒故意咬重了「服侍」兩字，「老爹就暴跳了，嚷嚷著，『這家沒我站腳的地兒了！』沒得說，只能來找兒子喝悶酒。」

顧臨啞口片刻。這又是誰給婆母出的昏招？真是再昏也沒有了。公爹又不是她親爹，她親爹會笑納，公爹只會氣出點毛病。

她公爹呢，可以說是少有嚴守禮法的大丈夫了。沒有一個妾是主動納的。兩個還在老家的太姨娘，一個是長者賜不可辭，一個是打小伺候的情分，還被逼著在婚前「識人事」，可也婚後抗了一年多，才抬了姨娘。

無他，尊重妻室。

就算抬了姨娘，避子湯也沒有停，甚至沒怎麼去那兩個姨娘房裡。這位謝大人雖說是個滑得不能再滑的官油子，於禮法是非常看重的，怎麼能把庶子生在嫡子之前？直到大爺二爺都出生了，才停了姨娘的避子湯，之後兩個太姨娘，一個生了三爺，一個生了庶出的大姑娘，就再也沒有了。

他的想法顧臨也不是不能明白。姨娘身邊沒有個一兒半女，在家沒有地位，晚景一定淒涼。女色上謝大人是不怎麼看重，但人倫大禮卻不敢看輕。

即使帶著妻妾外放上任，他也多半歇在妻室那兒。要不怎麼兩個太姨娘再無所出，就夫人生了四爺和嫡出二姑娘呢？

為京官時，最上心的吳姨娘，也是門師給的。他這一生中，就沒自己去納過任何一個，妻室不如人意，他還是敬重有加。

他今天會這麼光火這麼生氣，就是他一直敬重有加的妻室，居然把他當好色無度的無德紈褲看待。兒女成群，連孫子都有了，這麼大一把年紀，還塞個女人給他。當他什麼東西？睡幾天書房就好色難耐，非有個什麼不可？

「老爹酒品不好，哭哇。」瓔哥兒嘆氣，「一直拉著我說，他實在後悔，想著不讓女人跟著他操心外面。他不對啊什麼的，夫妻一體，男主外女主內，可也得互相商量。早點把老娘教清楚了，也不會讓她一直糊塗沒見識。他若多問問家事，也不會讓小三小五吃了一輩子苦，現在琪哥兒不想認他，琯哥兒不願親他，珞哥兒不知道還記不記得他這個爹……都是自己造的孽……」

他沒說出來的是，老爹哭得最兇的是，沒把他教好，差點白送了命，而且還不能討公道。

「琯哥兒酒品隨爹，哭得更兇。直嚷嚷爹不恨他剋母就好，兩個哭得聲音都啞了，勸都勸不住。」瓔哥兒無奈。

「哭出來也好。」顧臨揉著他的手腕，「公爹這些天也憋得很了。哭出那口氣，才不會悶出病來。」

瓔哥兒靜默良久，才問，「御姐兒，妳說，我娘這樣有意思麼？好好的日子不過，偏要搞得雞飛狗跳。」

這話問我怎麼對？顧臨心底嘀咕。那是你親娘，我說個不好你不怪死我？

但經不起瓔哥兒一磨再磨，顧臨也乾脆直說了。

話說這樣的婆母吧，也很平常……京城裡就不少見。好面子，好攀比。聚在一起說私房話，就是顯擺怎麼整治妾室和庶子庶女，又怎麼把媳婦兒整治得服服貼貼，愛怎麼給兒子塞人就怎麼塞人，大氣兒都不敢喘。

可這是丈夫明白事理，自己上面沒有婆母，或者婆母寬慈退守佛堂的。不是東風壓倒西風，就是西風壓倒東風。自然也有那種專寵幾十年的妾室，欺壓得妻室不敢喘大氣的。

在她看來……應該說連她祖母和大姑姑看來，這些都很無聊。禮法有分，嫡庶有別，這沒錯。可沒法兒，這世情就是這樣，公爹這麼嚴謹不重女色的人都納過三房妾室，也沒有他說不要的權利啊。其他那些好色貪花的爺們，就更不用提了。

就這麼一個坐井觀天，妳踩踩我，我踏踏妳。我欺負妳兒子，妳打我女兒。幹嘛啊？你們上一輩因愛成恨，自己狗咬狗就好了，別帶累下一輩。是嫡是庶，都是兄弟姊妹。將來能互相扶持的、最親的，也就這些人。

一個家族，從外面殺是很難一刀子殺死的。唯有姊妹成仇、兄弟反目，才死得早，敗得快。

說起來，妻室不是自願嫁進這家的，妾室又可以自己主張婚事了？別傻了。都是可憐人，自我踐踏不是更可憐？

瓔哥兒靜靜的聽，調笑的問，「唷，御姐兒還是這麼賢慧。我若真納小呢？」

「我又不會攔著門。」顧臨淡淡的，鬆了手，「現在你是秀才老爺了，想著你納的小多呢。你要納就納……總之我不是個苛刻人。但要我如此刻般親密待你……瓔哥兒，別為難我。」

瓔哥兒趕緊抓住她的手。心底悄悄的倒抽一口冷氣。還別說，他最怕的就是御姐兒那種禮貌疏離的「賢慧」。

「我錯了，不要說開玩笑，我連想都不該想……今晚我讓酒醺醉了，滿口跑胡話。御姐兒不要跟我計較，哪？好不好？好不好？……」

顧臨掙了幾下沒掙開，繃不住笑了，「放開！知道你、知道你，哎，你動到針了……」

看他又被多戳了兩下，顧臨暗暗嘆氣。她也會耍心機了，有意無意的硬攏著瓔哥兒的心。

服侍他喝了藥湯，漱了口，他才猛然想起，「傍晚我還睡著的時候，院外吵什麼？」

「姨娘們來請安呢。」顧臨平靜的說。

「跟妳請安啊？沒擺一擺主母的譜？」瓔哥兒隨口問道。他終究神經還是很大條，納不納小的問題拿來逗顧臨，讓自己不軟不硬的吃了頓排頭，卻沒想到那些姨娘也是小。

應該說，到現在他還覺得那是前身的姨娘，跟他沒什麼關係。

「哪輪得到我。」顧臨卻比瓔哥兒敏銳多了……她知道瓔哥兒沒把那些女人當回事，至於原因，有點兒誤解。「她們來跟爺請安。」

「我？」瓔哥兒嗤笑一聲，「我傻的時候不見人影，考上個破秀才就上趕著請安？」

顧臨很誤會的確定了誤解。瓔哥兒記著仇呢，看他這架勢，還打算記仇一輩子。

「這家真是……就沒有一刻安寧。」瓔哥兒嘀咕，很自然而然的玩著顧臨的長髮，掙扎了一會兒，「這個晨昏定省，不要不行嗎？」他皺起眉，院子一開，他可以養病睡到日上三竿，顧臨卻得天不亮就去給老妖婆晾在外面，以請安之名，行折騰之實。

他想到就煩，御姐兒還得天天去受苦受難。

顧臨瞅著他好一會兒，突然捧著他的臉親了一下脣。「若是你一直待我這麼好，再苦再難我都能嚥得下去。」

瓔哥兒痛苦啊，甜蜜又痛苦，那個心啊，真是甜得慌又痛得緊。

但男人實現感動的方法總是比較野獸派，最後搞得他痛不欲生。他不要只喝湯啊，他要吃肉，要整個把御姐兒吃下去啊！

緊緊抱著顧臨，他將臉一偏，媚人的眼勾沁滿了無助和空洞。「我不想取得大魔導士的資格。」

「……哈？」

＊　＊　＊

原本還想著，這秀才都考上了，又和老爹盡釋前嫌，和哥哥嫂嫂一起孝順老爹，和睦著呢，琯哥兒總算可以留在家裡好生讀書了吧？

三年一舉，恰恰好就是明年。照他們老爹那個謹慎個性，還是打算京畿就考，沒考上也不丟臉。

結果夏天都還沒過完，琯哥兒就逃回書院繼續學業了。

這事兒，既有遠因，亦有迫在眉睫的近憂，可謂內外夾攻。琯哥兒除了一逃了事，還真沒什麼法子應對。

至於遠因，就發生在老爹大醉，和同樣醉貓兒似的琯哥兒抱頭大哭，之後像是要把之前所有的天倫之樂都補回來。連內容物偷天換日的瓔哥兒都被他這便宜老爹感動個不輕，雖然父子三個下棋老是翻臉悔棋，拍桌大怒外，大半的時候都是很父慈子孝的。

萬般皆好，只有一點不好。甜白小丫頭都跟五爺一樣，同為十三了。她那班小姐妹年紀差不多，有的還大她一兩歲。漸漸的，有人的心就大了。

家裡麼，就幾個爺。老爺古板嚴肅，不想挨家法被趕出去，還是老實點。之前的二爺膽大心黑，只有他翻牌子點人的，哪有誰敢私爬龍床？敢的人已經在青樓賣笑了，爬各家床去，這個潑閻王是惹不得的。

三爺？庶子又穩穩的考功名，雖然不是一試即中，人家也是穩健的一步步考上去，看起來機會很大吧……才怪。三爺長得也俊，跟其他爺可說是春蘭秋菊，各有擅場。但架不住人家心冷面更冷啊！整年不見他個笑模樣，酷暑七月臉上還能刮下二兩霜……

讓他冷冰冰的眼珠子瞟著，一見就心寒，再見腿就抽筋了。服侍他的小廝都膽戰心驚，自嘆苦命了，心再大的丫頭也不敢上啊！

四爺不在家，聽說長得像個仙人兒，不在眼前有什麼用，另計不算。可這多年不在眾丫頭考慮範圍之內的五爺，突然進入了她們的視線。

跟其他哥哥不同，這個打小兒苦的瑄哥兒，對人都是笑模樣（不然人家怎能多照顧他一點吃穿），雖然有點憊懶無賴，可親切不是？這秀才，差點成了榜首呢，又越來越受老爺重視，二爺少奶奶又疼他……

更重要的是，五爺十三了，訂了親。這已經算是成人了，有個房裡人是理所當然的事情。

考前就有人兜啊轉的，想賭個未來資優股。現在成了十足金的上等資優股，那競爭自然就更激烈更白熱了。

甜白雖然也十三了，可還一團孩氣，想的是當好奶奶的心腹大帥。所以她很生氣，非常生氣。這群一起上位的小姐妹，怎麼突然在五爺面前就笨手笨腳、丟三落四呢？不是往五爺身上潑茶水，就是掉個手帕荷包在五爺房裡。連路都不能好生走，偏偏都崴腳崴在五爺的身上！

雖然位分上還是二等丫頭，可少奶奶說什麼也不補一等，說等她年紀到了給她提。奶奶這份心她甜白怎麼可能不懂？她就是奶奶身邊的大丫頭！這些一起長大的小姐妹怎麼了，打夥兒欺負起五爺？這不是打她的臉？顯得她這大丫頭教出來的小姐妹沒規矩？

五爺雖然是個庶的，可也是爺的兄弟，奶奶的小叔子！

於是心大的小姐妹和志大的甜白丫頭，爆發了嚴重衝突。

當時五爺剛好讓人邀出去作客——還別說，那幾顆保寧丸和人馬平安散救急，倒救出幾個侯府伯府公子哥，這才沒名落二爺之外——人家只是嬌生慣養，也是自幼下苦功讀書的，而且字比瓔二爺好看太多。

二十一世紀男人講究同梯，大燕朝講究同榜。而且還是這樣有義氣、有才氣的同榜！誰敢嫌琯哥兒是個庶都得挨揍……人家是次案首呢！這回兒琯哥兒多了個小花名。

要不是倒數小三元病著，非被一起拖出去不可。瓔哥兒也大大露臉了，皇上說的「浪子回頭金不換」被傳了個遍，連這倒數小三元都成了瓔哥兒的大花名了！風頭一時無兩，真正的案首都顯得黯淡無光。

所以甜白丫頭和她幾個一心想當房裡人的小姐妹鬧開了，身為當事人的五爺卻跟忠勳伯府四公子和他愉快的夥伴們，一起去泛舟吟詩賞早荷了。

等鬧明白了，甜白氣得發抖，完全忘記她大丫頭應有的矜持和穩重，聲量之高，連懨懨瞌睡的瓔哥兒都驚醒，和正為他打扇的顧臨看了個對眼。

「……我若對五爺有那種下賤的心，罰我五雷轟頂不得好死！」甜白氣得哭吼，「想攀高枝兒，說妳們幾句怎麼了？……」

「唷，甜白出息了。」一個叫春暉的丫頭冷笑，「原來看不上五爺，怪道狗腿搖尾巴的巴結著奶奶，想哄奶奶讓妳上位當姨娘呢！」

「春暉，妳不要臉不要以為人人都不要臉！」甜白更暴跳，「我只是個丫頭沒錯，但我到底還知道忠孝節義！我還知道奶奶待我有義，我該效忠奶奶！我是家生奴才沒錯，卻沒有連骨頭都成了爬床的婊子賤奴！奶奶要我嫁瘸子獨眼拐子，我一個字也沒得說，馬上嫁過去！但別說是爺，就是皇帝我也不給他做小！……」

瓔哥兒聽著聽著，噗嗤一聲，「好丫頭，這志氣高的。」

顧臨昂了昂下巴，「那是。不看是誰的丫頭？」

瓔哥兒笑滾了，推了她一把，「快去快去，別讓妳心愛的丫頭吃了虧去。」

顧臨放下了扇，繞過迴廊，那幾個小丫頭差點開始全武行了。顧臨喝住了，甜白一行哭一行氣湊，終於把大丫頭的矜持和穩重想起來了，硬把眼淚憋住，也沒添什麼話，就平平的說明了來龍去脈。

淡淡的看向那幾個頗有姿色的丫頭，顧臨也不想大動干戈。這種事情在各家各院層出不窮，湮堵不了，何況這種事還是得看爺們的態度。只是琯哥兒真的太小了，才十三。

有瓔哥兒的例子在前頭，雖說她這做嫂子的管不到那麼寬，約束自己丫頭那還是可以的。

「琯哥兒在咱們院子住，出點什麼事……打的是我和二爺的臉。」她平靜的說，「我話擱在這。哪個骨頭輕的，覺得管不住自己不爬爺的床就待不下去……離了這院子。哪裡有高枝哪裡撿著飛去……咱們浩瀚軒小，待不住尊貴的預備姨娘。」

她皺眉看甜白，「瞧瞧妳，這院兒誰位分比妳高？哭個什麼勁兒？誰不聽管教，喚管家娘子帶下去按家規處置就是了，嚷什麼？跌身分。」

正想高舉輕放，結果春暉排眾而出，對著顧臨喊，「奶奶，奴婢有話講！同樣都是在奶奶身邊伺候，奶奶眼底除了甜白還有誰？我們不自己掙個前程又能怎麼樣？收不收房是五爺的事兒，奶奶只護著甜白，趕奴婢們走，奴婢們不服！」

顧臨臉色沉了下來，冷笑一聲，轉頭跟甜白說，「瞧見沒？碗米恩，升米仇。妳顧念姊妹情誼帶挈著，帶出什麼好的？這是給妳個教訓，上下有度，禮法有別，不拿出大丫頭的款，沒佔住禮法，就是這樣的下場！」

甜白抽噎著，「謝、謝奶奶教誨。」

「什麼叫做都在我身邊伺候？當初我可只點了甜白一個！是甜白念著姊妹情誼，不然謝家上下多少丫頭，我用得上妳們這群灑掃的？過了幾天好日子，不知道吃果子拜樹頭，憑著長了三分顏色，就忘了以前起早凍晚的時候了！掙前程？好，我讓妳們掙好前程去！甜白，去叫管家娘子傳官牙來。往那風流富貴地賣去，掙個花魁的好前程！」

丫頭們都慌了，跪地求饒，還頻頻喊著甜白勸勸奶奶。甜白遲疑了一下，卻把牙一咬，轉身而去。她現在勸了，可就辜負了奶奶為她發這場脾氣，和教她這一把。

她仔細的想，就是。她明明是奶奶的心腹大帥，卻顧念姊妹情誼沒個上下的親暱，所以她就算教訓，小姐妹們也嘻皮笑臉，不怎麼聽。她自己沒把款兒端足，活該好心被雷親，活該被潑髒水。

胡亂拭了拭眼淚，她盡量平靜的尋了管家的張娘子，說了奶奶的意思。張娘子面色如常的應下，很快的把官牙請來。

在奶奶見官牙之前，只有甜白在她跟前，甜白跪了下來，這才求奶奶別把人賣去青樓。

「陣前將凌迫大帥，越位告君，論軍法當斬。」顧臨冷著臉。

「……奶奶，這是尚書府，不是軍營。」甜白小小聲的說。「奴婢不是要幫她們求情，只是咱們尚書府把人賣去那種地方……名聲兒不甚好聽。」

這藉口太爛。顧臨默默的想。還沒瘋傻之前的二爺，哪兒價高哪兒賣人，賣去煙花青樓的通房賤妾可多著。

但最少會動腦筋，明白點事理了。

「也罷了，積點德吧。」顧臨把官牙喚進來，囑咐絕不能賣入煙花，就讓牙婆子把那五個丫頭帶走了。

想了想，她回去東廂，果然瓔哥兒還賴在羅漢榻上打瞌睡。診了診脈，看起來精神不好，倒是內毒外感都輕多了。

一摸他的脈門，瓔哥兒就醒了。「怎麼？發落完了？」

遲疑了一會兒，顧臨為難。有些話，她不好對小叔子說，但瓔哥兒子嗣這麼艱難，又把身子幾乎淘得沒命……還是得提一提。

她面紅如霞、支支吾吾的把話說清楚，瓔哥兒神經卻很大條，當場拍案，「正是！行，等他回來我跟他講……他哥我都成了魔法師了，毛還沒長齊的小鬼有肉吃？想得美！讓他十七就結婚實在太早了，沒把他憋成大法師我實在有點不甘心……」

「……哈？」

「沒事。」瓔哥兒咳了一聲，「總之……妳知道的嘛，他哥我就是前車之鑑。不想將來生個小孩都難如登天，就給我悠著點！就悠到……他娶親的時候，那都已經太早了，十七歲啊，嘖嘖……」他有些牢騷滿腹的鬱鬱。

開開心心遊湖回來的琯哥兒，馬上被二哥抓了去，聽了一個半明不白，一直追問，那些丫頭為啥要為他吵架，二嫂為啥發大脾氣把人賣出去。

這時候，瓔哥兒才發現把任務想得太簡單。性教育真是太重要了，只是怎麼講課實在太困難。

可憐琯哥兒雖為尚書府公子，但最少要飽暖才能思淫慾啊！管飽管暖就很艱辛了，還是靠嫂子接濟才沒餓死凍死。雖說書院不少他吃穿，嫂子也多有照顧，但他這種半大小子，正是吃窮老子的年紀，吃撐沒半個時辰，就覺得肚裡空空了。

吃飽穿暖已經是最高的追求了，勤奮讀書還是為了這個至高無上的目標。書院的同窗呢，同班成了親的，一個都還沒有。而會去讀書院的學生，通常是家境小康，卻沒富到單獨請名師來家講學，也沒闊到有通房妾室的殷實之家。

他又不是之前的二爺，收藏了無數絕版豔情小說，鑑賞的是名家春宮畫冊，那是多少銀子啊！別說琯哥兒沒有，他的同窗也沒得這樣豐富的「啟蒙」。

雖然偶爾也會幻想一下，但毫無範本的狀態下，想得很離奇並且天馬行空，一點都不著邊。

瓔哥兒開始想念那個「大啟蒙時代」了。隨便個上小學的小孩看漫畫都看到精通了。

他含蓄的說，房裡人就是通房丫頭。結果琯哥兒很不滿，「我不要丫頭，笨手笨腳只會臉紅和哭，比小六子還不如。」

這段時間若不是看著嫂子的面子忍著，那些老對他潑茶水、半夜敲門進來找手帕荷包，摔倒在他身上，明擺著欺負他的丫頭們，他早就給她們好看了。

聽著琯哥兒的抱怨，瓔哥兒沉重的感到任重道遠。

絞盡腦汁，他才設法用大燕朝能夠接受的方法講解，好不容易才讓琯哥兒略有所悟，還是他跟琯哥兒解釋，通房丫頭呢，就是讓他做將來跟娘子洞房花燭夜一樣的事情……敦倫然後開枝散葉。

說完瓔哥兒自己都覺得累心，很累心。

結果這小子的反應讓他哭笑不得，琯哥兒扭捏了一會兒，才蚊子哼哼道，「這、這種事情……跟娘子已經……太羞人了，怎麼可以跟別人？」

……敢情這小子還講求貞操啊？

很想嘲笑他，璎二爺卻把自己噎住了。好麼，他前世生活在最開放的二十一世紀，又沒誰攔著他，還飽受各式各樣的「啟蒙」……結果還不是修煉成大法師預備役一枚，實際操作經驗一次都沒有。

「……這樣想，也對。」璎哥兒無精打采，「這個，說真的。底下說的你別傳出去啊，給你哥留點臉面。」他委靡的說明那個太早吃肉，膽固醇過高，以至於差點從此沒種的倒楣前身。

琯哥兒倒是沒笑他，卻比笑他還讓人悲憤。他同情萬分的拍二哥的肩膀，「好歹嫂子沒有抱怨，還有個津哥兒傳香火。」

其實他說的「抱怨」，只是單純覺得女人家總喜歡有自己的親生兒子，非常純潔，絕對沒有其他意思。但聽在璎二爺的耳中，卻那麼的不是滋味兼怒火中燒……

男人最怕什麼？最怕女人說他「不行」。

璎二爺勉強把話說透了，琯哥兒也凝重的表示他絕對不會收什麼房裡人，也會嚴守貞操……一轉身，璎二爺立刻把在碾藥粉的顧臨拖回東廂，命都不要的想要證明他事實上「很行」。

顧臨迫不得已的把他打昏，然後嘆氣。

這件事情本來暫時到此為止，但是浩瀚軒突然賣出了五個二、三等的丫頭，還是引起謝夫人的注意了。

她才猛然醒悟。對呀，那個小雜種已經十三並且訂親，不該賴在哥哥的院子裡，該避嫌另居別院了。趁早在他院子裡安插房裡人才是啊……還能有比這更穩當的眼線嗎？

什麼風最厲害？枕頭風最厲害！

讓小雜種跟她強，讓小雜種以為有爹有哥可以靠，讓小雜種和他嫂子親！她非去選個伶俐機靈又貌美的把這小雜種迷得死死的，書也讀不成，眾叛親離，家翻宅亂……

臭婊子，讓妳囂張無比、讓妳完全不把我放在眼底，讓妳把老爺整個搶走……整死妳兒子不算解氣，爬得越高摔得越重……讓妳在地底下只能跳腳，這才真的解氣！

說幹就幹，謝夫人開始海選。招了一個又一個的人牙子帶人來看。事情雖然做得算隱密，但顧臨到底管過一小段時間的家，猶有餘威。看二門的婆子發現來的人牙子不是相熟的，還越來越不像良家婦女，偷偷跟少奶奶告密。

顧臨一聽，琢磨了一會兒，覺得事情似乎不太妙，讓甜白使人去打聽清楚，結果從慈惠堂一個三等丫頭口中套出話來，說是喜事，給五爺選房裡人呢。

……選房裡人叫的人牙子卻是專賣揚州瘦馬⑦的？

這事不好，很不好。說穿了，就是婆母佔理，還能搏個關愛庶子的好名聲，連謝大人頂多只能嫌人選不好，卻不能說不要。

以前三爺琪哥兒那麼冷的人，嫡母塞房裡人，他也只能拜領。但琪哥兒對嫡母恨意很深，只差手刃。對她送來的房裡人，多麼千嬌百媚、妖嬈絕豔也無用，冷心冷面的三爺定力極夠，比防賊還防得厲害，肯帶著外放上任，卻到地方立刻賣了，一刻也沒有留。

但防得這麼厲害，還是讓那個房裡人內神通外鬼的陷害好幾次。

可琯哥兒說是說十三歲，事實上十二歲還沒滿，能有這種定力？要這樣千年防賊，這日子也不用過了。

這小夥子年紀不大，卻殺伐決斷，很有大將之風。趁事情還沒定，行李都不收拾了，只說外出訪友，直奔禮部拜別親爹，細說從頭。謝大人嘆了口氣，親派馬車和隨從送他去書院，差人回去跟兒媳說道，幫琯哥兒收拾行李。

等塵埃落定，謝夫人才知道小雜種不吭不哈的一走了之，氣了一個倒仰。人都跑了，房裡人計畫只好暫時擱置。

在家的時候吵吵鬧鬧，沒一天不鬥嘴的。結果琯哥兒一回書院，瓔哥兒馬上蔫了一半。

有弟弟到底好不好，其實他也想了半天。說好嘛，這小子嘴巴利索，常把人氣個半死，就算無意也很下意識的往人痛腳猛踩，在一天就氣他一天，膩死人了。

❼揚州瘦馬：窈窈弱態的揚州美女，多賣入富戶作妾，或風月場所。

說不好嘛，考前考後並肩子上，很有一點以前在部隊時跟兄弟同甘共苦的味道，這小子又夠義氣，他考到第三場已經病得虛軟了，簡直是讓琯哥兒硬拖進拖出的。

就是有這弟弟，他原本虛弱的身體被這三場大考磨得只能臥床，就是他成天跑來唧唧呱呱，這養病時光才沒那麼難過。

結果老弟一走，他真的難過起來。

尤其是走的原因這麼荒唐和無奈，真讓他心底憋足了氣。

「御姐兒，妳說。我那娘是在幹什麼呢？琯哥兒沒得罪她吧？得罪的是琯哥兒的親娘啊！人都死幾十年了……她煩不煩啊？什麼破時代，不要小三還不行了。那小三還是爹的老師送的呢……」他悶得只能對顧臨訴苦。

小三？哦，說起來，吳姨娘的確是三太姨娘。雖然是姨娘，但畢竟是公爹的妾室，亂起渾名不好吧？

她個人是不怎麼講究，但在外不管怎麼外表道貌岸然，肚子裡男盜女娼，都是講究的。

顧臨倒是很有耐性的說明，畢竟瓔哥兒盡忘前塵了嘛。但瓔哥兒一臉傻樣的望著她，好一會兒才嘆氣，「代溝。這就是時代的代溝，而且快深入地心了……」

「什麼？」顧臨沒聽懂。

瓔哥兒沒敢解釋……怎麼解釋？只是火速轉移話題，開始抱怨他那個吃飽太閒的娘。

「這你倒沒說錯，可不就是太閒？」顧臨淡淡的。

有點錢和身分的女眷，還不都是閒出毛病兒的。養兒育女？奶娘嬤嬤丫頭一大堆看著呢，問問生活起居就已經是慈母了。又不都是長媳婦兒好歹能管管家消磨時間，就算是能當家，各院管各院，真當家又有多少事可以理？錦衣玉食，又不必為生計操心。

人太閒就會生事。就是太閒，婆婆沒事逞逞威風拿捏媳婦兒，媳婦兒就把受到的氣轉嫁到跟自己搶丈夫的妾室通房身上。就是太閒，妾室通房沒事就相互攀比寵愛，能把主母鬥倒變成畢生志願，主母也以盡滅妾室、誅及庶子女為職志。

就是太閒了，閒到只能把心力放在丈夫爭奪戰上。可連皇上都明令後宮不干政啊，上行下效，男人回到家也不提外事。跟太閒的妻妾更沒什麼好講。

惡性循環之下，不管是妻還是妾，想要地位崇高就要肚子有貨。不但要有貨還要大胖兒子，女兒還不頂用。兒子還不能只生一個，生越多地位越高，越顯受丈夫寵愛。

男人若好色啊，還可以如魚得水，把自家後院當私人小青樓翻牌子點人……就像她那薄情寡義的親爹。可若像公爹這樣事業心重，古板嚴肅的大丈夫，妻妾成群卻只是苦不堪言，難以與外人道。

「……就沒點別的追求？」瓔二爺不但毛骨悚然，而且哀叫了。後宮不好成立啊……這些女人想的不是愛不愛男主角，而是為了男主角的種啊……讓整個後宮都能滿足的生孩子……被榨成藥渣還是小事，被當成高價配種的種豬才是大事啊！

「就不能繡繡花什麼的……好啦，我知道妳很討厭拿針線，可最少妳愛揮藥杵做個藥丹香藥什麼的啊！妳們婚前不是都琴棋書畫嗎？學那麼多年，婚後就都放下？那學來幹嘛？」

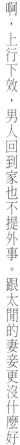

「學齊了有個好名聲就會有好親事唄。」顧臨淡淡道，「不過那些我要不不會，就是不精。我只學了點防身、管家，一點岐黃之術的皮毛，還會點廚藝……我學的時候已經有點晚了，實在沒時間當才女了……婚後婦容才是重中之重。要搏得夫君喜愛嘛。」

瓔哥兒輕輕顫了顫。這人跟人就是不一樣。有人能劈腿劈成瑜伽大師，也有人只能在家當宅宅大法師（甚至大魔導士）。有人樂意被女人榨成藥渣還挺洋洋得意，他只覺得無差別進行種豬生涯很受侮辱。

這吃肉也得心甘情願，講究美食吧？他就想吃顧臨這御姐的頂級霜降牛肉，別的合成牛排、碎肉殘渣，考慮到胃容量，還是挑食一點比較好。他老爹真是可憐，人家給什麼他就得吃什麼，一定是把胃給吃出胃潰瘍，才會在女色上沒什麼興趣……胃口都敗壞了。

拉著顧臨的手，他感慨，「我真高興妳不閒……大大的不閒。就算閒也自己找點兒興趣嗜好……來得及等著我。」

顧臨品了一下味兒，才啐了他一口，「不正經的，哪個等你了？」

瓔哥兒倒是樂得大大的不正經，不但吃了很多次的肉湯，還想盡辦法攻上三壘……雖然很接近了，還是被自己刺殺於本壘之前……痛苦得滿榻亂滾，為了小命和吃肉的兩者不可兼得痛苦不堪。

「只剩一年了。」他欲哭無淚，勉強安慰自己。

「還有一年多。」顧臨整理儀容，冷靜的說，完全沒有安慰他的打算。

真的，都是閒出來的毛病兒。就是她很體諒，所以被婆母刁難，一點都不放在心上。

坦白說，婆母這點兒手段，連她親娘的一拎兒都沒有，更拍馬趕不上徒步的祖母，只能在後面吃灰塵。所以她待婆母非常恭敬有禮，用尺量都沒那麼標準，但所有難聽話，完全左耳入右耳出，以不變應萬變，吭不會吭一聲，更何況辯解。

婆母翻來覆去就那幾招，除了有點無聊，她還從來沒過懼過一絲半點。

不過婆母有幾個參謀在，總算有點新意，沒那麼無聊了。

發現罵不還口，打又大杖即走，身手敏捷，謝夫人本來沒招了。還是她的好外甥女替她出謀劃策。

於是顧臨邊變相兒站馬樁邊等請安時，終於被讓進去了，就看到婆母和二爺的眾姨娘圍著一歲多的津哥兒說笑，教他請安說話，一家和樂融融，就獨獨把她冷在一邊。

顧臨倒是饒有趣味的看著她們。婆母從來不讓她接近津哥兒，一心覺得顧臨這毒婦必會想方設法的害死她的親孫孫。倒是洛、沐兩姨娘發現婆婆路線也走不通，只好委屈的走表妹路線，讓徐姨娘蓉蓉攏了去。人多力量大，三個臭皮匠也能賽過諸葛亮不是？

所以她們倒是有機會來討好謝夫人，更跟津哥兒混得極熟。

玩兒排擠？顧臨有些興趣了。可她婆母什麼都有，就是沒有耐性，所以很快就亮牌底了。

湊著頭圍著津哥兒教叫人，一歲多的孩子就口齒清晰伶俐，學得極快……果然是二爺的兒。

結果津哥兒一會兒祖母，一會兒姨娘，喊得極清脆。徐姨娘笑吟吟的指著顧臨，「大少爺叫人哪。」

津哥兒脆聲喊，「賤人！」

整個屋子安靜了一會兒，謝夫人假意喝斥，姨娘們低聲吃吃的笑。

顧臨秀眉一揚。這些無知婦人……太閒無所謂，也別把好端端的孩子教壞了吧？

謝夫人警惕的戒備著顧臨。兒媳婦兒若是發怒告狀，那就趁她的心意了……跟個一歲多的孩子計較，一點肚量也沒有，怎配當京畿秀才娘子……特別不配當她兒子的娘子。若是想上前打津哥兒，那就更好了……證明她是個毒婦，看老爺和兒子還護不護著她。

但也不能真讓那毒婦打著她可憐的親孫孫。

但顧臨一句話也沒說。身為嫡長姊，多少弟妹，育兒經驗不可說不豐富。一歲多的孩子，其實不太懂意思，鸚鵡學舌兒似的……可很會看臉色。

津哥兒少見她，很好奇。人家讓他喊什麼，他就真的以為要這麼喊。

所以顧臨只對著津哥兒笑，一整個和藹可親、溫柔慈愛，像是很高興似的點頭，鼓勵的看著他。

津哥兒一下子就興奮了，以為是好話兒。於是他指著謝夫人清脆響亮的喊，「賤人！」徐姨娘大驚想阻止他，他還以為跟他玩兒呢，也點著徐姨娘喊「賤人」，連沐、駱兩姨娘都沒能躲過去這個「賤人」的榮銜。

就這點程度，唉。那邊一團混亂，連她告退婆母都沒來得及回她，滿頭大汗的想把親孫孫這個剛學會的難聽字眼給糾正回來……不然老爺肯饒她？偏偏津哥兒看她們慌張失措，覺得更好玩兒，咯咯笑著喊了一聲又一聲。

好不容易才有趣點兒，婆母腦筋少根弦就算了，連參謀的也個個缺心眼，讓顧臨又覺得無聊起來。

且不提顧臨這頭百般無聊應付婆母的鬥法（？），入秋後，終於歇過勁來的瓔二爺突然開竅兒似的，不管是書法還是健康，都猛竄上一個台階。

其實這很好理解，所謂天道酬勤。很多事兒呢，好像百般努力都沒有寸進，很多人就半途而廢在這階段。事實上，看似沒有進展的努力，是一種積蓄，等到積得夠厚了，會有一種澄澈明悟的體驗，突然而然就長進了一大把。

就像瓔哥兒這手字。那天天手腫不是白瞎的，臨那麼多字帖兒也不是白臨的。筆力到了，工夫足了，就開竅了。字還是那個字，但勻稱了、和諧了，有了自己的味道了。

這就是美與醜當中微妙的差異性。

現在別人看瓔哥兒的字，不會在心底腹誹，而是讚一句「清奇有風骨」，只有顧臨才會納悶，這個一年多前還是色中餓鬼的下流紈褲，為什麼現在的字一整個鐵畫銀鉤，有一種凌厲鋒銳的味道呢？

這跟他本性差異得太大了吧？

至於他的健康，顧臨倒是毫無疑問。尚未瘋傻前的二爺，賣春藥外還自己用得挺樂，春毒入骨，品種還錯綜複雜，非常難纏。她就懂一點皮毛，只覺得二爺虧得也太厲害了些，還看不出春毒呢。

可她大姑姑是誰？不世出的傅氏嫡傳佼佼者。當初那一診，就把之後的病情變化預測得再準也沒有了，還按階開不同的方子。就如書法般，這一年多的苦藥湯不是澆石頭的，每晚扎針也不是捐血一袋，救人一命……

（好啦，顧臨不可能懂這個典故，但咱們懂就成了）

春毒既然拔除得差不多了，調養了一年多的身體看似病弱，內裡卻漸漸把虧損補上了。這就是個漫長的療程，只是之前看似毫無起色，可等毒盡內裡初復，累積足了，就像是一夕之間整個痊癒一般。

說破了不值一文錢，可在旁人眼中卻是驚天動地的大變化。

顧臨倒還能泰然自若，只是對這個身體堪堪跟平常人相同——也就是看起來二十三歲，診脈也就同樣二十出頭——卻好動得常常找不到人，找到不是在跑步，就是在練拳……再不是慢悠悠的太極拳了，而是剛猛粗豪的莒拳。

她一直養在深閨，於江湖事不甚了解。但表弟四郎與她交情甚篤，走南闖北的四郎舉家去了江南，大展手腳的做生意，和黑白兩道都有點兒交情，見多識廣。可她寫信的時候順手提了一句，四郎倒是回得認真，說跟江湖朋友仔細打聽過了，沒聽過什麼「莒拳」。

不過江湖隱世高人甚多，沒聽過不見得不厲害。雖說大表姊身在深宅大院，沒什麼機會得罪，不過還是有備無患得好……江湖高人通常脾氣古怪。

看了信，顧臨默然許久。這個會莒拳的瓔二爺，實在看不出高到哪去……

忍不住，顧臨問了。瓔哥兒卻支支吾吾的，憋了半天才說，「呃，我以前的事情都不記得了……這事，卻還有點印象。」

「哦？」顧臨刮目相看。她還以為二爺會有印象的大約會是些不正經的事情……竟然會是這個。

「那個，我小時候啊，有個老爺爺對我說，看我骨法清奇，是練武的上等材料。所以拿了本武功祕笈給我……但妳知道法不輕傳嘛，所以賣了我十個銅錢。」

高人果然個性都古怪啊。顧臨恍然大悟，「大約那位老爺子不方便收徒，只好這樣與你結緣了。」

「是啊是啊……」瓔哥兒乾笑，「學了一陣子覺得沒啥用處就擱下了。後來……妳知道的嘛，我被打破頭，連怎麼說話都忘了。奇怪的是，這功夫就沒能忘了，還記得一點兒故典。」

「自然的。」顧臨很能理解，「這跟騎馬差不多。說起來，我學騎馬不過幾個月，學會了就沒再碰。可摸到馬的時候，就自然而然知道怎麼騎了。有些事兒身子記住了，一輩子就沒能忘。」

「正是正是。」璎哥兒笑得更乾，心底卻默默的悲傷起來。瞧瞧其他穿越前輩，詩詞歌賦背得比google還熟，張口就來，剽竊得多有文化水準，語驚四座納頭就拜。

今天他逼不得已的剽竊了，剽竊的卻是周星馳電影的情節……這兩者的差距也太大了吧?!

他也想張口就來啊！語驚四座納頭就拜多好啊！可唐詩三百首他都沒記得幾首，還缺字落句……想剽竊都沒得剽啊！

所以身體一好利索了，他就趕緊把以往的訓練設法撿起來。雖然他明白，在這個弓弩都是國之兵器製造方法非常保密的時代，更不要談槍械了，他身為現代職業軍人的所有軍戰訓練徹底報廢。

但身強體壯，總該有的吧？太極莒拳在大燕朝可能不是什麼絕世武功，但對付幾個地痞流氓、翦徑小賊，總該要的吧？

大燕朝開國還不算久，武風很盛的啊！文人不是只要賞花吟詩就行了……雖然這個詩他也不行，不過他會胡侃策論唬弄得過去。之前還是瑄哥兒替他外出應酬，等到他好了，興致勃勃的應邀出遊……

差點沒哭著回來。

都書生是吧？可人家都騎馬啊！只有女人家才會搭馬車……他就搭著馬車。

都秀才是吧？每個人手上拿著摺扇很風雅……可腰上誰沒掛把劍啊？而且還不是裝飾品，誰喝到興起，都能拔劍耍上幾手，不掛劍不會耍的他，才顯得很希罕。

都文人是吧？但最後的餘興節目是騎馬射柳……

要不是他有個大病初癒，不可勞累的藉口，真把臉丟到姥姥家去了。

回來他氣憤的寫了很厚一疊的信去罵瑄哥兒不夠義氣，很快的，得到瑄哥兒的回信。對於二哥的氣憤，他原本是不太理解，之後恍然大悟。二哥把啥都忘了嘛……再說二哥沒打破腦袋前，也不是混文人那圈子的……至於紈褲的圈子，瑄哥兒沒那銀子和環境理解。

其實大燕朝的文人，是歷代最不好混的。詩詞歌賦會是最好的，不能最少也要有策論底子，要跟人能辯證。舉國瘋書法，連軍漢都講究寫字兒了，文人敢不更講究嗎？

這時代的文人雖然不用到文武雙全，上馬殺敵、下馬治民，但這是個崇高無上的追求。所以呢，會不會，耍兩招華而不實的劍法是必要的。這種特別的、連家世都列在科舉中評分的制度，文人幾乎是半個貴族，馬一定養得起，而且還得騎得上……騎術稀鬆無所謂，但總不能跟娘兒們似的搭馬車吧？

騎射殺敵不太可能，但騎馬射柳這種風雅事是不能不會的。射不射得中還是兩說，姿勢漂亮總是要講究的。

為什麼人家擠破頭要去書院讀書呢？因為不是所有讀書人都那麼有錢，培養得起那麼風雅又昂貴的興趣。書院束脩不便宜，但也總比自己養馬養騎射師傅便宜太多了。

禮樂射御書數，書院的六藝雖然有偏，但不會連邊都摸不著。別看琯哥兒年紀不大，為了吃飽穿暖的偉大志向，六藝大比他都名列前茅的——名次在前都有點銀子當添頭。

就連文人最流行的劍術，他都跟同窗學了點，出門不會太丟臉。

看完琯哥兒的信，瓔二爺悲淚了。

所以他才跟個好動兒似的，想把身體鍛鍊得強一點兒……這該死的破爛前身，他留的是什麼破底子……

劍還簡單，顧臨替他準備了一把古樸有品味的劍，一點都不花俏，低調的華貴。但讓他傷心的是，顧臨老說她學得都是皮毛，而且只學了那幾種……卻也會套漂亮的劍舞。

據她說，為了不讓弟弟們出門被笑，所以劍術師傅督導的時候，她也看了些時候，所以能耍些劍招，省得偷懶的弟弟們唬她。

「……妳就不怕我出門被笑?!」瓔哥兒惱羞成怒了。

「你這不是身體不好嗎？」顧臨不解，「誰不知道你考完又病了一場？不會有人計較的。這些沒什麼，儘容易，學起來很快的……」

誰說的？

騎馬就是個大工程。上馬不易，下馬更不易。但這些都還能慢慢習慣……可沒有一匹馬肯聽他的，叫往東必定往西，讓停絕對狂跑，教騎術的師傅很吃了些苦頭……追起來很累的。

後來顧臨實在看不下去，她的騎術生疏已久，也不怎麼樣。但手把手教瓔二爺這樣的超級新手，已經綽綽有餘……教弟弟們已經太多回了，所謂熟能生巧。

等瓔二爺能騎著馬出門，都已經中秋後了……身邊還得有個騎馬的小廝跟著，隨時幫忙煞車。

不過射箭……站著射箭，瓔二爺倒是挺有天分。雖然光學拉弓就學得滿身大汗兼大怒，但準頭卻是極好的。

顧臨毫不吝嗇的大大誇獎，瓔哥兒心裡還是覺得悲傷。

這不是廢話？當年他還是陸戰隊射擊冠軍……竅門抓到了，沒準星兒也能抓個大概。

媽的，給他一把槍，他能十靶中十。什麼破弓這麼難用……只能十靶中四五。

給我一把槍啊！靠！破時代……

這就是青年璎哥兒的煩惱和憂鬱。

＊　＊　＊

璎二爺還是趙國英的時候，就有一股執拗的牛脾氣，要嘛不做，要做就做到最好。

當初他會跑去當職業軍人，並不是有保家衛國的崇高理想或愛國英雄主義者。而是很實際的，他的爸媽都是公務員，說起來收入穩定，家境最少也該小康……可惜他爸媽都是萬中選一的爛好人，被騙是家常便飯，兄弟姊妹自顧不暇，他快連飯錢都湊不出來，何況學費……他不想辦法捧個摔不破的鐵飯碗不行了……

警察太複雜，他一條筋似的個性應付不來，所以他去當職業軍人了。

雖然只是為了鐵飯碗，但做啥都該幹到最好的執拗發作了，所以他才會進了海軍陸戰隊，還成了個拔尖兒的，什麼競賽都不會忘記把他拉出去，他也沒讓任何人失望過。

誰知道他會死於罕見得不能再罕見的火車出軌，更沒人知道他居然穿越了，還穿越到一個奧少年阿嬤體的下流紈褲身上。更慘的是，跟說好的不一樣，一穿過來，只會說國語，閩南語還停留在聽得懂說不輪轉的階段，就接受了大燕朝京城方言的洪水洗禮……一個字也沒聽懂，甚至一開始他都沒搞清楚自己穿了。

你想啊，眼睛一睜開，頭還痛得要命，沒看到護士小姐，反而是一堆穿得奇怪衣服的人圍著你嚷著鬼才聽得懂的話，還有人拿長長的針戳你……你不會驚慌？不會覺得被抓去某個奇怪的瘋人院？而且你要把針拔掉，其他的人還壓著你的胳臂腿，你不會恐懼？

他就是恐懼了，慌張了，才動手把人打趴，誰知道趴一個又來一個，直到撂倒了五個人，這些人才跑出去，給他點思考的時間和空間。

可頭痛得很，他腦袋只有一團亂麻，而且那些人跟豆腐似的，一碰就躺。對他來說應該只是熱身運動而已……可已經氣喘不休，累得有點虛脫了。看著古色古香的屋子，他還在想，會不會在台灣民俗文化村。

直到門喀嚓的被鎖了大鎖，他推門推不開，驚慌更甚，拚命嚷了又嚷，誰也沒理他。他的牛脾氣終於被激發出來，開始砸東西了……這只能說是一種驚恐下的過度反應。

幸好他遇到御姐兒，這才開啟了能夠溝通的里程碑。坦白說，他讓顧臨照顧了好一陣子，才勉強搞懂了自己遭逢了小說裡最流行的穿越。

他常想，他有可能是史上最艱辛最倒楣的穿越者（男性）。真佩服那些前輩們，個個都是方言通，南腔北調一穿就懂，或者那麼剛好穿到說北京話的地方。他怎麼就沒這實力和運氣呢……？

而且這些前輩超淡定、超能適應穿越這個哲學糾纏著科學的無解題。一秒接受穿越，立刻文韜武略，並且迅速做出「失憶」這個百試百靈的方案……可憐他不但被當成瘋子傻子，連失憶都免了……話都不會講還指望有啥記憶？

若他不是個宅宅大法師，顧臨剛好是他最喜歡那種穩重從容冷靜的御姐……這日子早過不下去了。

但在這樣惡劣的環境下，他還是把話學會說了，而且極盡努力的尋找出路。歷經鍛刀差點讓全家跟著抄斬，火藥只會連誅九族後……他確定了這個尚書府公子只有一條路能走，也就拿出穿越都不能更改的執拗脾氣，要幹就幹到最好！

最少他還拿到一個倒數小三元——原因還是因為字太醜。

可他終究成了天下最難考的京畿秀才。

能夠在短短不到兩年的時間內取得這樣的成就，可以說除了顧臨的照顧和指導，還得歸功於他那執拗到不行的好強牛脾氣。

等身體痊癒了，不再是以前那弱柳扶風、春藥中毒的爛身子，他又為了「別人會我不能不會」的執拗，下盡苦功的希望能夠符合一個大燕朝文人的基本標準。

這有「男人的自尊你傷不起」的緣故，也有他親親老婆的刺激。

他親親老婆顧臨，自稱什麼都是皮毛……但這皮毛也太厚了，大概有城牆拐那麼厚吧？騎射師傅還不如御姐兒的因材施教。他讓騎射師傅教半天，勉強把弓拉了個半開，頭箭就種了地瓜……插在土裡。

師傅累，他更累。他不但累，而且很焦躁。

結果顧臨來一看，淡淡的要人換了把仕女軟弓，先學會怎麼把弓拉圓，才有機會射靶……當然弓輕如斯，靶就要近點，不過能夠射得中，總比種地瓜不傷自尊。

「儘容易，」顧臨依舊雲淡風輕，「現在你是不習慣。從半石弓開始，每日張弓空弦一百，習慣了，手筋開了，慢慢就能使一石弓。不過文人遊戲之筆，半石弓就夠了。」

沉默了一會兒，璎二爺有氣無力的問，「妳能張多重的弓？」

顧臨沒說話，只令人取了一石弓來，張弦如滿月，舉重若輕，直中靶心，箭銳直入靶內。

「再重的，我也只能使到一石半。可準頭就會有點飄了……即使這麼近的靶，不怎麼射得中靶心。畢竟我也只學了點皮毛……還是監督著弟弟們學射摸一摸而已。」

璎二爺發現，現在聽到顧臨說「儘容易」、「只學了點皮毛」，就會有深刻的無力感。

雖然說，顧臨和他最喜歡的御姐代表——龍之塔的亞美伊很相似。都是個性堅強武力超群，但本性又溫柔善良的大姊姊。但他實在沒想到武力如此超群會給他的壓力這麼大啊……

於是他執拗的牛脾氣又湧上來了，誓要成為大燕朝拔尖兒文武雙全的書生代表。

他每天排得課程滿之又滿，比之前考童生時辛苦太多也累太多了。顧臨往往迫不得已的和他同房而居——瓔哥兒肉湯討著討著就睡著了，喊都喊不醒，睡得直打鼾。

只好讓甜白多取套被褥來，讓累睡得跟死豬一樣的瓔哥兒睡在羅漢榻，她自格兒睡床。

雖然瓔哥兒醒來往往會懊悔自己怎麼睡得如此之死，一整個禽獸不如。但執拗的牛脾氣一發作起來，犀牛都拉不住。甚至他還考慮過，大燕朝年年考童生取秀才，但三年一舉，剛好在明年秋闈。他現在種種文人養成課程已經太滿，實在沒有時間專心備考了，還不如放棄，等下次舉考，那時他文人養成大業已成，字應該更有點功力了，考起來不更有把握？

顧臨沒說什麼。就她來說，瓔哥兒只要平安度日，不要再賣春藥和試圖私鍛軍械，已然太好。能從下流紈褲到現在半吊子文人秀才，已經驚天地泣鬼神了，舉人考與不考，其實毫無關係。她也不怎麼希罕舉人娘子的頭銜。

至於謝尚書，也並不反對。他還是那種覺得該把基礎打好，四書五經環環剝啄的古板人。瓔哥兒這個秀才，本來就考得投機取巧，多幾年把基礎紮實也是好事。

只有琯哥兒接到信了，大大的反對。不但反對，還請假蹭附近農家的驢車回來。現在他終於有書僮了，上回他逃回書院，二哥就把小六子遣來照顧他的起居。

有書僮最方便的地方就是……可以派他回去把二哥請出來喝茶，不用怕回去就被硬留下塞個不正經的女人。

秋末了，瓔二爺的馬終於騎得有模有樣，用不著額外攜帶煞車。氣色紅潤、身材挺拔的緩轡而近，加上那張俊逸的臉龐，真眼角一勾，儼然濁世佳公子——不太正經那種。

但看到小弟還是挺歡的，眼勾兒滿滿是開心，顯得有些憨厚的傻氣。琯哥兒高興是高興，但又覺得二哥這樣俊的臉老出現那種憨厚傻氣很不協調。

「怎麼突然跑來了？幹嘛不回家？這邊的茶難喝死了，喝過一次永遠不想再來……我家裡還留著明前等你一起喝呢……」

打斷了二哥滔滔不絕的關心，琯哥兒一把抓住他，「二哥，明年秋闈你一定要去考。」

「我？」瓔哥兒啼笑皆非，「咱們誰是誰，會不知道這秀才是怎麼來的……得了。我現在每天忙得很，再說舉人比秀才可難得多……倒是你該去考考看，我覺得你小子機會挺大的。」

琯哥兒沉默了一會兒，「二哥，明年我不考。但我會請假回來，這個舉人，我一定會幫你考上。」

「小五你瘋了？」瓔哥兒變色，他很知道這個弟弟小時候吃太多苦，所以勤學不倦。以前是不懂方法，雖然有點偷雞摸狗、投機取巧，最少琯哥兒懂考試的方法了，加上他讀書夠紮實，這個舉人可說手到擒來。「明明考得上，為什麼……」

琯哥兒笑得有點苦，「……二哥，不是你明年要考舉人，四哥也是明年考。我當然知道，我可能考得上，而且名次很排前……二哥，不是我誇口，沒我幫忙，你這舉人當然不好考。四哥考不考得上……坦白講，懸！若只有我……十四歲的舉人……除了爹和你、嫂子，誰也不會饒過我。」

第一個饒不過他的，就是嫡母。說不定連老太爺和老太太都不會高興的……自己教養的珞哥兒榜上無名，卻是個庶子上位了……不會舒坦的。

而一試得舉卻是很少有的事情。

「所以我明年不考，但二哥，你一定要考上。三年後進試，不管怎樣你也得考上。因為那時候我會去考舉人……得靠哥哥了。那時我就十七歲，要娶媳婦兒過門。二哥，就算是三甲，咱們這種人家略略活動還是能外放當個縣令。弟弟我舉人是沒問題的……考完舉人，就能外放當教諭。在別的地方，爹是絕對不同意我就止步於此，可若和你調在同處就不一樣……」

琯哥兒偷偷去看過一次跟他訂親的姑娘，是個甜甜糯糯的，像是飽滿剝殼荔枝似的小姑娘，總是帶著無憂無慮的笑容，細心的替弟弟擦嘴擦手。

身無功名都願意和他訂親了，想來當個舉人教諭……她也不會抱怨吧？

嫂子說，妻子就是他今生最親的人，要攜手共度餘生。他想成親，真的很想。有個最親的人……像是二哥有二嫂。但他不想讓自己最親的人被嫡母折磨，失去一絲半點那種荔枝甜的笑容。

聽完琯哥兒的解釋和哀求，璎哥兒想了很久。十三歲的小鬼就想那麼遠……真的是苦孩子早當家。掙扎了好一會兒，終究還是琯哥兒在他心底的分量重多了，這才讓他把對文人養成的執拗先擱在一旁。

他咕噥著，「只能說盡力……考不上我可不管。」

琯哥兒大大的鬆了口氣，信心滿滿的拍胸脯，「二哥放心，都交給我就是了！」

說服老爹沒花很多力氣，就是聲量大了點兒……璎哥兒都覺得嗓眼有點發疼，想來老爹大概吼到發炎了。所以他取得老爹不情願的同意以後，回去馬上跟顧臨要了綜合菊花茶差人送過來孝敬老爹，鬧得謝尚書哭笑不得。

這狠渾子。說他孝順，老愛跟他對著幹，好不容易稍微會用用腦子了，沒想到立刻改變主意，又要去投機取巧考舉人了。說他不孝，連虫菊花茶都想得到老爹，回去沒好久就差人送來，那個小丫頭還嘮嘮叨叨的囑咐要怎麼保養喉嚨。

這渾小子把舉業當成什麼了？

童生試還沒啥，畢竟只是第一關，字跡清楚，思路明白，就不會拿太低的分數。他能考上這個秀才，就是在思路清晰環環相扣上佔強，但就是書讀不多、理解不夠透，所以少了引經據典，直白得簡直市井了。

若不是這次的京畿主考官是出名的務實尚樸，路子對了，不然別說倒數小三元，就是童生試都連邊都摸不著。

舉人可就大大不同了。像他這樣水準的，一抓一大把，畢竟考了幾十年的老秀才眾多，次次磨礪，思路越發老辣，渾小子這點絕不佔優。跟人比書法？別鬧了。雖然連親爹都不得不承認，這渾小子一下狠心苦磨，短短一年多就讓他刮目相看……但就算是這樣，也只能算端正而已，離「好」還有段距離，明年秋闈已經不到一年了，再怎麼下苦功，就算天賦異稟，達到了「好」……

可除了他這個出了名字醜的倒數小三元，哪個考舉人的字不好？優、特優，甚至書法頗有名望的，跟春天的韭菜一樣，望過去滿山遍野啊……

渾小子憑什麼認為自己有資格考這個舉人？是不是把科舉大業看得太容易，以為是樹上的果子，抬手就摘？

謝尚書這廂吹鬍子瞪眼睛，他的清客幕僚們卻叫苦連天，痛不欲生。吼是吼得很兇，畢竟是自己兒子。除了怕他以為舉業容易，令瓔哥兒不准返祖籍，就京畿考更難考的秋闈，還是讓自己的清客幕僚去幫兒子想辦法了。

考童生前那段白話翻譯時期，已經讓這群清客幕僚痛苦過一輪了，沒想到還要考舉人……明年就考！而且已經很不講理的瓔二爺，這次更不講理……要他們不管用什麼辦法，把前十次的舉人應考題找出來……要知道三年一舉，這要上溯到三十年前！找出來還不算數，還要把這些考古題的所有中舉文章都找到，仔細點評優缺，並且整理出一套容易消化又簡明易懂的準則出來。

這該是多大的工程啊?!

可瓔二爺管他們麼？不，他不管。現在他每天可是很忙的，早起晨練不可少，張空弦一百也免不了，每日溜溜馬也是鐵打不動的行程……其實他比較想念摩托車。油門一催就跑，沒見過哪輛摩托車還會耍脾氣，自行翹孤輪，非每日培養一下感情……

很可惜，大燕朝產馬不產摩托車。公子代步非馬不可。

所以他真的是雞鳴即起，天都沒亮透就開始打熬筋骨。沒辦法，這時代沒電燈，有天光就要盡量利用……可不想年紀輕輕就把眼睛弄出個近視眼。

等打熬完了，擦身換衣吃飯，就開始準考生的生活，囫圇吞棗的把孔孟背下來再說。四書五經全背熟？你傻了吧？大燕朝科舉又不考填充題。現在他的毛病是不會引經據典，文章看起來不夠古人，也就是學問底子太薄。

引經據典，最好的不就是孔廟裡那兩位？論語挺好背，孔老夫子講話簡潔，沒事。孟老先生就囉唆多了，背起來挺咬舌頭，還容易缺字落段。

不過想想前世考了二十幾年的試，科目更多，書包重得足以當凶器，還是鍊錘等級的兇器。不定時小考，每月月考……物理化學還更天書呢，英文根本是外星語言，不也都這麼考過來了？

當了職業軍人就不考？別鬧了。其他就不提了，光說某些軍事準則就好。單本就有當鈍器的潛質。跟那堆課本和參考書比起來……孔老夫子和孟老先生親切可愛多了……最少他們不會年年修訂，逼你重背，而且頁數相對之下，少很多。

至於考古題和策論範例，老爹養的那群清客幕僚總不要白吃飯對不？雖然不太放心，不過琯哥兒打了包票，他現在能做的、該做的，就是趕緊把這兩本書背個滾瓜爛熟。

但臘月初一這一天，他卻拋下雷打不動的計畫表，一個人都不帶，天不亮就出門，一直到中午才興奮又忐忑的回來，小心翼翼的抱著一個匣子。

顧臨一早沒看到他就嚇了一跳，擔心了一上午。看到他回來才把心放下，瞋著他，「少吃了一頓藥呢！吃飯了沒有？沒？早飯和午飯都沒有？你做什麼去了?!」揚聲要傳午膳。

「不不不，晚點，晚點兒……」瓔二爺把人都趕出去，有些扭捏不好意思的說，「那個……御、御姐兒，今兒個，是、是臘月初一。」

「我知道。」顧臨一臉的莫名其妙。雖說瓔哥兒突然明年秋闈要考舉人有些不自量力，但你知道的，她是只要瓔哥兒安生，就能夠安心的那種。

而且……不知道從什麼時候開始，瓔哥兒執拗一條筋的往前拚，不管在做些什麼，她都有點兒……移不開目光。覺得這樣的瓔哥兒傻氣，卻傻氣得……有一點點可愛。

現在他那張俊得有點邪的臉龐，就出現那種又傻又認真的緊張，支支吾吾的說，「今天……是秀才領年銀的日子。」

顧臨愕了一下。

大燕朝對讀書人挺好，從秀才開始就每年有官方補貼可以領。秀才年銀二兩。雖說大燕科考家世佔六，但世家豪門也不是每個都過得富裕，許多身列世家譜的大族只是清貴，並不富有。更有些庶支遠族在家世上佔優，可日子過得比平民百姓還不如。更有些只是家世清白的寒門學子，但文才能拿全，擠進秀才的行列，但這樣一心苦讀的，更無力於生計。

年銀二兩，往往就夠這些窮秀才全家大小過一年了。會體貼的在臘月初一發放，就是為了讓那些指著年銀過日子的窮學子，能好生辦點年貨，過個好年。

可瓔哥兒、謝二爺，隨便哪個抽屜角掃掃，都能掃出百十兩銀子，怎麼會缺這二兩？

但他的表情很興奮，非常興奮。「這是我第一次、第一次自己賺到錢……我是說，清白的、來路正當的錢。不是靠誰，是我自己、我親自賺到的。」

瓔哥兒小心翼翼的打開那個匣子，拿出一個裹了幾層布的甜白瓷茶碗。

在另一個時空，甜白瓷直到明朝才出世，但在大燕朝的白瓷技術已經成熟，薄到光照見影的程度，於人一種「甜」的感覺，所以謂之「甜白」。通常為了彰顯這種甜白感，所以不繪顏色而是暗花刻紋，而且最尚白中偏一點點粉色的，稱為「牡丹甜」，是甜白瓷的極品。

顧臨也有個牡丹甜白瓷茶碗，是她的陪嫁，價值不菲。結果被她拿去砸人了。其實再買一個也不是沒有錢，只是那樣的逸品極少，一直過得很簡樸的她覺得沒有必要，雖然喜歡甜白，但什麼茶碗不能喝茶？

瓔哥兒的這只茶碗，白得卻偏鵝黃，算是甜白瓷中的下品，而且是素的，一點暗花刻紋都沒有。

「我不知道，甜白瓷那麼貴。」瓔哥兒的表情有些羞赧，「找了很久，二兩銀子……頂多可以買到這個。妳連丫頭都取名叫『甜白』，一定是很喜歡甜白瓷吧……」

「……嗯。」

「那個，現在說這個，可能早了點。」瓔哥兒摸了摸鼻子，「今兒個，也就只能買這個茶碗子給妳……可以後，我一定、一定可以不靠誰，自己賺錢養活妳。不是尚書府公子，而是我，瓔哥兒，可以自己賺清白錢養活老婆……我是說娘子。御姐兒妳……喂，等等！妳不要哭啊，為什麼？不喜歡？……」沒有交過女朋友的他茫然，這麼冷的臘月天，急出了滿額的汗。

顧臨搗著嘴，盡力忍住，但眼淚還是一滴滴的流下來。她命令自己不要哭，卻毫無用處。她質問自己哭什麼，卻也沒有答案。

破破碎碎的，她說，「我很喜歡。」然後捧著甜白茶碗繼續掉眼淚。

瓔哥兒搔搔頭，好一會兒才恍然大悟。靠！他感動到御姐兒了！這可不是容易的活兒！

但男人的大腦構造和女人是完全兩回事。在這樣感性的時刻，瓔哥兒只知道身體力行的討肉湯吃，不知道趁勝追擊，多說幾句感人的話（雖然他也擠不出來），好徹底攻破御姐兒銅牆鐵壁般的心防，殊為可惜。

* * *

臘八書院放假，但琯哥兒實在不敢回家。但現在有老爹可以靠了，一切都不一樣。雖說謝尚書拿髮妻的「好意」沒輒，但是勻個莊子給小兒子「讀書」並不是什麼難事。

不知道琯哥兒信是怎麼寫的，總之，瓔哥兒看完信，就陣容浩大的帶著老爹的清客幕僚和眾多整理出來的考前資料，也上琯哥兒的莊子讀書去了。

臨去前絞盡腦汁，想要說服顧臨跟他一起走。但她婉拒了。

瓔哥兒畢竟是個男人，更何況盡忘前塵。女人家要出門不是那麼容易的，最少要稟報公婆，並且要有正當到不能再正當的理由。公爹沒問題，可沒事上門讓婆母刁難，將來再編排些難聽話兒，好說不好聽的，實在沒有必要。

再說，年夜飯也是得回來吃的，也不過二十來天的分離

她好言相勸，連「小別勝新婚」都不顧臉皮的說出口了，才讓瓔哥兒眉開眼笑，沒強著她，乖乖去和琯哥兒更旁門左道的備考了。

收拾了行李，備足藥包，囑咐了又囑咐，才倚門目送瓔哥兒離開。

其實瓔哥兒不在眼前，她並沒有什麼相思欲狂的感覺。只是捧著甜白瓷茶碗會

想起他罷了。

不知道有沒有按時吃藥，會不會太勉強的把自己熬壞。不過，畢竟不是去應考，環境據說相當舒適、風景優美，還是個溫泉莊子。小五子也大了，雖然不方便出入內宅，但讓顧臨調教過一陣子，交給他照顧二爺，應該是沒有問題才是。

所以她不擔心。

相對於瓔哥兒簡直鹵莽直白的心意，顧臨承認，她太冷。動心時總是煙花一瞬，但也只是一瞬間，燦爛卻短暫，很容易就清醒過來。

所以她對瓔哥兒格外的好。就是一種歉疚。幸好他神經很粗，總是察覺不到，總是傻傻的笑。

輕撫著素甜白茶碗，她想。有那麼剎那間，她差點兒就不顧一切了。一日算一日，一年算一年，就捨了吧。捨下那些防備，捨了自己的心，就沉淪吧。

但她終究還是保持著最後的一絲清醒。

很早很早以前，她就不相信才子佳人的故事了。她相信「有情人終成眷屬」，問題在成為眷屬之後……往往不是那麼美麗。

她的爹爹，如今官拜翰林監修的顧翰林，長房嫡孫，七歲起就獨居一院，讓曾祖父和祖父親自教養，年方十七就一甲傳臚（第四名，探花之後），後被點為庶吉士❽，直接進了翰林院。

到他二十歲之前，一直都戰戰兢兢的履行長房嫡孫該有的責任和義務，循規蹈矩到極點。唯一做過最破格的事情，就是在春社日，見到她的母親，一見鍾情，痴戀得名動京城。

那時還是少年郎的父親，先是求了祖父祖母上門說親被拒，然後就每日寫一封信給外祖父，求他看過之後代轉給母親。一逢沐休、些許閒暇，就坐在外祖父家附近的茶樓，一坐就是一天。因為那座茶樓可以看到祖父家的圍牆，和高高伸出牆外的杏樹。

❽庶吉士：是中國明、清兩朝時翰林院內的短期職位。由科舉進士中選擇有潛質者擔任，目的是讓他們可以先在翰林院內學習，之後再授各種官職。情況有如今天的見習生或研究生。（摘自維基百科）

外祖母極不願意這樁親事。少年得意大不幸，這孩子不到二十就得了進士，還一甲傳臚，又不顧禮教的痴纏，悄悄兒也就罷了，偏宣揚得滿城皆知，破壞女孩兒家的閨譽，不會是個好對象。

祖母也不樂意。倒不是兒子痴戀的對象有問題……人家世代筆墨相傳，治家極嚴，是清貴的書香門第。但是她向來冷靜沉著，又在社交場合見過這位小姐，外似軟善，內卻剛毅不拔，自家兒自家知，絕對不會有善終的。

但男人想得總是沒那麼深遠。外祖父被這個才華洋溢的少年感動，祖父也想攀上清貴，最後半推半就的成就了這樁親事。

門當戶對，才子佳人。英俊少年痴戀愛慕，美麗少女羞赧竊喜，終究成就大好姻緣。簡直可以當話本子的題材了。

母親進門後，三年生兩，生了她哥哥和她。一子一女，恰恰是個好字。初入門的母親侍公婆極孝，與妯娌和睦，全家沒有一個人說她一個不好。

她似乎已經完成了一個妻室所能完成的，最重要的一切。

但是，年年都有春社日，歲歲都有嬌美少女。春蘭秋菊，各有擅場。像是食髓知味般，每年春社就是父親的獵豔日，讓顧翰林博得一個風流名，卻不薄倖——讓他熱烈追求過的寒門少女，都納入家裡成了妾室，給人個交代了。

可母親不這麼認為。

她一年一年的恨，恨父親的薄倖，恨那些自以為是的妾室。漸漸累積，終究像是最暴烈的、名為怨恨的毒凶猛的發作，才會公然毒殺了魏姨娘。

但毒殺了魏姨娘，卻沒敉平她的怨恨。只惹來一大堆麻煩，讓祖母解除了她管家之權。但這些她都不在乎，只有她的怨和恨越來越累積，越來越深厚。

顧臨一年年的看著母親的不幸和帶給別人不幸。她怨恨一切，怨恨薄倖的丈夫，怨恨待她禮貌卻疏離的長子，怨恨所有的庶子庶女，更怨恨後院那些姨娘們……

特別是她的女兒，她的嫡長女。她的長女明明知道她所有的痛苦和不得已，卻和她作對，總是護著那些小雜種。簡直是叛徒，養了一隻咬自己的白眼狼。

恨透了顧臨，恨得不想再見到她。果然是那畜生的種，長得那麼像誤了她一生的男人。連心肝都朝著那些小娼婦生的小雜種，就不該生下她，或者一出生就該把她溺死。

或許是親生女兒的緣故吧。所以她親娘毫無掩飾，對她率直的說過許多難聽的話，那時她在祖母的庇護下，常感傷心欲絕。

但祖母卻不偏不倚的敘說了往事，語氣很惆悵，「剛嫁進來時，是多軟善一個孩子……她終究是妳的母親，妳該知曉前因後果，不要一味的怨她。」祖母頓了頓，語氣更愴然，「要怨，就怨我沒把自己兒子教好。」

後來她漸漸長大，苦笑連連。怨祖母麼？七歲以後父親就不在祖母跟前了……曾祖父和祖父對父親寄以厚望……勛貴之家，祖父卻是末代侯了，已經是第五代。如果父親沒有出息，這個勛貴末裔之家，註定要衰敗下去。

的確，父親出息了，顧家安泰了。兒媳婦的鬧只是女人家不懂事，娶妻不賢。男人三妻四妾，理所當然，有什麼好鬧的？祖父就常拿祖母當例子，說娶妻就該娶祖母如此賢慧的婦人。

只是祖父不知道，祖母淡漠的說過，「納一個也是納，納一群也是納。納一個來專寵才是後院起火，家翻宅亂呢。既然要納，就納個七八個，熱鬧死他。兵法就是這時候用的，到時候隔山觀虎鬥，還可以欣賞妳祖父焦頭爛額貌。」

祖母是聰明的，她一輩子都把自己的心守好，反正她該生的兒女都生了，義務也盡了，愛誰誰去，過好自己的日子就對了。

祖父一直不了解祖母，但也不妨礙他對「賢妻」的滿意。唯一一件讓他不高興的，就是「賢妻」不顧他的意願，將大女兒嫁給一個只有秀才功名的行路小商，那是他們成親以來，第一次也是最後一次的爭吵。

「自己的親生女兒，又是唯一的一個，自然偏寵些。」有回祖母說溜了嘴，「歷代的絕命書……我大概是沒看完的唯一嫡傳。字字血淚……我不希望妳大姑姑以後也寫這樣的絕命書。」

她懂，其實顧臨真的懂。是沒有機緣沒有對象，若有機緣有對象，拚死也會希望能讓自己女兒（假如她有的話）能有脫離這種不幸的機會。

所以她才會把顧姝嫁給四郎。是，商人重利輕別離。但四郎不是普通的商人，是她吃過無數苦頭沒委頹自棄，反而力爭上游的庶表弟。

或許人就是需要吃過很多很多苦頭，把雜質都淬鍊乾淨了，才能有機會成為值得倚賴信靠的男人。

有機緣有對象，她連庶妹都願意為她打算一場，何況自己親女兒？

那時她回去和母親激烈爭吵，吵出了顧姝的親事。不太過問母親後宅事的祖母，有些憂鬱的把她叫來，問她是否怨過家裡硬把她嫁去謝家？

「沒有。」顧臨想也沒想就回答，「真的。嫁到哪家去，其實都差不多。」

她並不是安慰祖母，而是真心這麼想的。才子佳人兩情相悅？瞧瞧她父母親就明白了。所有美好的故事，往往只有開頭沒有結尾。後續總是慘不忍睹，血淚斑斑，殃及無辜和有辜。

甚至，她也不認為嫁給那個榜眼郎會有什麼好的……最好的結果也只是納妾時跟她講一聲，相敬如賓。但婆母都是差不多的，後宅妾室們的爭寵和堵心，也都是差不多的。

畢竟成親前誰也沒見過誰，兩個陌生人得被迫綁在一起，心性不合簡直理所當然。但還是不和的好，不和為好。琴瑟和鳴個三年五載，然後一朝生變……像她母親痛苦至今。

作人莫作婦人身，百年苦樂由他人。

嫁給誰都是一樣的。丈夫出不出息，也不影響後宅人口多不多，更不影響婆母講不講理。

她這麼個曾經連茶碗都不肯給人用，洗得再乾淨她也不要的人，逼她與人共夫已經是禮教所迫，不得不然，她不能不低頭。

因為她是顧家的姑娘，得為家族名聲著想，不能恣意妄為。

謝子瓔冷她五年，其實她並沒有不高興。或許吧，洞房花燭夜的時候，她還很年輕，想過既然都這樣了，好好跟他過日子說不定也是可以的。不過只有一小段時間，少少幾個月，她就從惆悵到坦然，然後自在了。

摩挲著素甜白茶碗，她想。或許現在傻傻的瓔哥兒只是還不懂，就像當年情竇初開的父親一樣，還是純純的、傻傻的。因為他等於是再世為人了。

或許有一天，會有那麼一天，他回想起前塵，或者被同窗甚至朋友暈染，知道那種私房小青樓的妙處……或許一切都不同了。

茶已經涼了，她卻覺得素甜白茶碗很滾燙，燙得讓她想扔。

修為不足啊。不樂壽，不哀夭。

最少還得了個茶碗子。她自嘲的想。將來有怨的時候，還可以想想曾經有個傻二爺，把第一年的秀才年銀，換了這麼個茶碗子，獻寶似的送給她。

想想已經比別的婦人幸運許多了，不可再貪求。

讓顧臨無言的是，瓔哥兒走沒兩天，信就來了，厚敦敦的一大疊。

這人，就不是個省心的貨。不給人一刻安靜的。

她回信總是很簡短，只是常例的噓寒問暖，不多說什麼。但就算這樣，還是沒能阻止瓔哥兒的熱情，寫了一堆讓人面紅耳赤的話，她都得鎖在匣子裡，給人看到還得了。

連死過一回都改不了的紈褲本性，顧臨暗暗嘀咕著。又不是很遠，也不是很久。去了二十二天，寫了二十封信回來。甜白那群小丫頭只要看到小廝遞信進來，都會低頭悶笑。

都知道爺寵奶奶，倒沒想到比日日寫信還離譜的事情發生了……二爺和五爺掐著除夕回來吃團圓飯，二爺一見到少奶奶，完全不顧五爺和一干丫頭小廝都在一旁，一個猛然熊抱，他自己皮厚沒感覺，圍觀的旁人倒是羞得不得了，五爺都嚇跑了。

顧臨打了他兩下也沒讓他鬆手，倒是丫頭小廝竊笑著全退下了。顧臨發脾氣，卻只得到瓔哥兒兩句不清不楚的咕噥，還是死死抱著沒放。

「……我總算知道什麼叫做『一日不見，如隔三秋』了。」瓔哥兒很幽怨，幽怨得很委屈，「可妳一點都不想我，回信就那麼幾個字，我都會背了。」

很想叫他正經點，別胡鬧。也很想告訴他夫妻該相敬如賓，待之以禮。

可她什麼話都說不出口，只覺得眼眶熱辣辣的，原本僵著的身子軟了下來，靜靜的伏在他懷裡，「……我想你的。」

有時候。

但瓔哥兒真的很好打發，傻得可愛。就這麼一句話，立刻眉開眼笑，沒有討肉湯吃，反而一遍遍溫柔的吻她的頭髮和額頭。

顧臨仰著頭，閉著眼睛，溫順的接受他輕柔的親暱。但鼻根越來越酸，得將頭抬高，眼淚才不會掉下來。

等有人高聲稟報，夫人遣人來請二爺和二少奶奶，瓔哥兒才心不甘情不願的鬆了手，「回來就先見過了，離吃晚飯還早呢，請什麼請……」

「瓔哥兒，百善孝為先。」顧臨低聲勸著。

「知道了。」瓔哥兒無精打采。他還真不耐煩應付那個便宜娘……何況還有個便宜兒子在那兒。

關他啥事啊？他什麼也沒做，都是前身造的孽，這娘這兒還不便宜？便宜到跳樓大拍賣了。

去了一看，嘿，果然他便宜娘又把便宜兒子抱出來獻寶了。

他老爹倒是跟這便宜娘和解了……沒辦法，本來冷戰了一段時間，偶遇津哥兒，結果這小娃娃笑得粲然陽光對他清脆稚嫩的喊了一聲「賤人」。

再一次的，他被髮妻把孩子養歪的本事震驚了。

以前年紀還輕，正是事業心重的關鍵時刻，他又力奉男主外、女主內的金科玉律。發現老二養得非常歪的時候，他只能把老四往老家一送。現在他的官途已達頂峰，國之重臣，年紀長了，閒暇的時間也比較多，現在總算有時間管家事了，哪能再眼睜睜的看著孫子往歪路去？

可夫人什麼時候都能糊塗，遇到爭寵問題就精明起來，說什麼也不讓謝尚書把親孫孫抱走。老爺對津哥兒上心呢，不利用親孫孫把老爺拴回來，更待何時？

所以謝尚書把夫人痛罵一頓後，和解了。可謝尚書願意回慈惠堂歇，卻不是為了夫人，而是為了好好教教牙牙學語的津哥兒。

所謂近朱者赤，近墨者黑。謝尚書的苦心沒扔進水裡，好歹津哥兒改掉了說那兩個字的毛病，斗大的字認識不到一籮筐，卻很喜歡裝模作樣的陪著謝尚書一起看書。

有時候想想，謝尚書也覺得不應該。雖說長幼有序，可嫡庶有別。將來媳婦兒有了嫡子，這個庶長子雖然已記名，身分可尷尬了。他還親自教導，實在不應該。就算兒媳是個心寬的，可兒子傻了以後只認她不是？嫡子女早晚會有的。

為了這事，他躊躇許久，在瓔哥兒和瑄哥兒跑去莊子苦讀時，他將兒媳叫來略略談了談。

「津哥兒就是嫡長，這沒什麼說的。」顧臨笑了笑，「謝公爹體恤兒媳，將來兒媳萬幸有兒，也只會是嫡次子。」

謝尚書不放心的追問了幾次。需知長幼有序，更何況這個隔肚皮的「嫡長」養在夫人膝下，和顧臨一點都不親。不但佔了「長」的名分，將來分家也是佔大頭的長房。

顧臨只是淡淡的回，「好男兒當白手起家成功立業。祖產多寡，只是對先人的念想，追憶先人不易所用。」她謙恭微笑，「媳若有兒，願如公爹般凡事靠己，當個頂天立地的好男兒。」

謝尚書默然。顧家好生善教女，教出這樣從容大度的女兒來。

只是他心裡多多少少還是有點彆扭。就算記了名，就他這個講究禮法的老學究來說，庶畢竟就是庶，他長房讓庶子承家，怎麼說都不舒服。

「妳和瓔哥兒都還年輕。」謝尚書擺擺手，「此事將來再議。但眼前實在顧不得，不得不由我親自教導津哥兒……」

顧臨打斷他的話，歉意一笑，「這是津哥兒的福氣，也是兒媳的福氣。」

這兒媳太賢慧，其實也是棘手事啊。謝尚書感慨，讓她先回了。

其實這跟賢不賢慧沒什麼關係。顧臨默默的想。她是顧家的女兒，謝家的兒媳。在祖母教養之前她就明白一件事情：家族利益遠高過個人利益。

須知能錦衣玉食，都是拜家族興旺所賜，金貴的少爺小姐，其實根本毫無寸功。享受了奢華舒適的生活，就要追本溯源，把家族放在一切之前。

爭這個嫡庶長幼，只是家族敗壞的根本。老太爺和公爹兩代為官才打下眼前這大好基業，勉強讓謝家擠入世家譜的上品。若將來為了什麼嫡庶長幼打官司，那就白瞎了這兩代人的一生心血了。

雖然祖母有時候也會惆悵，說把她教得太好，反而不好了。但她覺得世事碌碌，真沒什麼值得去爭的。

她若是男兒，就不屑盯著祖業當米蟲，為商為宦，也要打下自己的前程和家業。生當為人傑，死亦為鬼雄。這才不負大好男兒的一生。

很可惜，她是個女身。但她若有兒子，就會這樣教。咱們絕不當靠爺靠娘的米蟲。

津哥兒清脆而正確的喊了所有的人，反而對他親爹和嫡母有些膽怯。過了年津哥兒就兩歲了，正是半懂半不懂的時候。他被祖母和一群姨娘溺愛非常，但凡事太過總是會膩味的，又是這麼一個脾氣有點拗的小朋友。

所以他特別喜歡待他寬嚴有度的祖父，什麼事情都想學祖父的樣兒，格外的親近。但是他祖母說了許多嫡母的不好，對親爹也嘖有煩言。他雖然聽不太懂，卻也記了下來，將他們倆打上一個「不要親近」的印記。

又不太見得著面，多了幾許陌生。

但是嫡母卻很親切溫柔，輕聲喊了他的名字。這年紀的孩子可能半懂半不懂，但也能敏感的察言觀色，所以笑顏逐開的喊了母親，然後又怯怯的喊了父親。

顧臨微笑著點點頭，又暗暗捅了捅瓔二爺的腰。

其實吧，他雖然挺排斥背上這個便宜兒子，讓他戴了頂不知道算不算綠的帽子。但他畢竟是個軟心腸的童真大法師，一個這樣小小粉嘟嘟的小朋友對他喊，雖然沒有正太控，心也軟了一截。

可別說當爸爸，連當叔叔和舅舅，他都很少見到自己的侄子和外甥女，更沒跟這麼大點兒的孩子相處的機會。

所以他顯得手足無措，傻裡傻氣的搔了搔頭，勉強「嗳」了一聲當回答了。

這讓津哥兒膽子大起來，先是伸手給顧臨抱，過了會兒，又爬到可憐的童真大法師身上，後來再也不肯讓奶娘抱去旁邊伺候吃團圓飯，硬賴在他便宜爹的膝上，由著嫡母布菜給他們爺倆吃。

瓔哥兒心情複雜，真的很複雜。小正太粉嫩可人疼，這是真的。但他連肉都還沒吃過，就已經出人命了——小正太一名，靈魂綁定，不可丟棄。

最重要的是還附贈一個虎視眈眈、蠻不講理的小正太祖母。這個更慘，除了等裝備耐久度自行磨損為零，連按DELETE的機會都沒有。

人生穿越更滄桑啊更滄桑。還不能讀檔重來……早個幾年的檔也好啊！真是太令人悲傷了。

總算在老爹和二哥的掩護和轉移焦點中，琯哥兒勉強的逃過一劫，不然謝夫人差點把最心腹的丫頭塞給他，讓他吃了一頓有生以來最驚悚的年夜飯。

連瓔哥兒都捏把汗兼發愁。對於這個不可刪除、神器等級的「祖母」之無奈和恐懼更上了一層樓。

暗暗慶幸，這前身是個黑心拗驢的狠渾子，「祖母」不敢真的對他塞人。真不了解，吃飽太閒就算了，喜歡給兒子老公塞細姨的習俗是所為何來……

一直到元宵，琯哥兒都是天不亮就逃出去會友兼避難，瓔哥兒同情歸同情，也只能照著顧臨的建議，給琯哥兒新分到的院子派人嚴守門戶，省得一個不小心，這個嫩小孩被人連皮帶骨吃了，還得逼不得已的收房。

謝夫人當然很不高興，但是年間罵人不吉利，何況謝尚書堅決琯哥兒太小，連瓔哥兒都站在那小雜種那邊，只能恨得暗暗磨牙，轉而遷怒到顧臨身上，初二回娘家被刁難了又刁難，惹得忍耐不住的瓔二爺發了頓脾氣，摔了個茶碗，才得以出門。

顧臨不生氣，瓔哥兒卻快氣死了。一路上不斷的抱怨，顧臨默不作聲，直到他實在講得太出格兒了，才出聲勸道，「瓔哥兒，孝為百善之首，再多不是，那也是母親。為人子女者，還是忍忍為好。對我嚷嚷也就罷了，讓外人聽到怎麼好呢？」

他想反駁，卻又一噎。他當職業軍人當到快三十，又沒什麼不良嗜好，節儉樸實，可還是兩袖清風，存款餘額很少破五位數，就是拜那雙爛好人的父母所賜。擦不完的屁股，還不完的冤枉債。就算這樣，他和兄弟姊妹還是沒辦法說不管他們。

兒女是債，運氣不好，父母也是債。兩輩子都在當債務人，他真的是煩死了。何況對這個便宜娘半點親情也生不出來。

生不出親情又如何？他現在是倒楣的謝子瓔，謝夫人是謝子瓔的親娘。

「……這舉人，還真非考上不可。不然三年後怎麼考進士？」瓔哥兒嘀咕，「媽的，海南島……我是說瓊州我也去了！御姐兒，瓊州其實也沒很差真的……能離這幫破人破事，媽的，瓊州跟天堂一樣了！」

顧臨啞然失笑，這傻二爺，當舉人和進士是田裡大白菜，隨手就摘得著？不過她點點頭，「瓔哥兒去哪我就去哪，怎會挑挑揀揀？」

瓔二爺那個感動啊，真是感動到不行。二十一世紀的女孩子都賊精，要求多多，女王和野蠻女友瘟疫般大流行。若不是來到這個見鬼的大燕朝，怎麼可能遇到如此完美的女友兼老婆……

他是很想身體力行的表達他滿腔快溢出來的愛意，很可惜謝家到顧家的路程實在太短，他又浪費太多時間罵他老娘。

結果他悶悶的下馬車，只來得及讓岳祖母把一把脈，還沒能問結果，已經讓熱情無比的岳祖父和岳父裹脅走了，只能眼睜睜看著顧臨離他越來越遠。

等人去遠了，祖母噗嗤一聲，顧臨的臉馬上紅了起來。

「塞翁失馬，焉知非福。」祖母閒閒的喝了口茶，「不知曉的人還以為你倆新婚燕爾。」

顧臨訕訕的轉頭，輕咳一聲，「祖母，二爺這身子……」

「虧他熬得住。」祖母打趣的看她一眼，卻也沒再讓她窘下去，「大約秋闈過後，就能圓房了……」考慮了一會兒，祖母凝重起來，「臨姐兒，雖說有庶子記在名下，沒個親兒傍身，需知……」她猶豫了一會兒，不知道該不該往下說。

顧臨苦笑的搖了搖頭。她知道自己肖祖母，都是看得太透的人。她很明白，眼前瓔哥兒對她情深意重，愛逾珍寶，誰知道能有三年五冬好光景？趁著眼前得歡，趕緊生個男孩子要緊……

但大姑姑也透露了口風，生男藥其實是該丈夫吃的，而且明顯對壽命有損。她寧可一世無子，也不想好不容易好起來、走上正途的瓔哥兒有丁點損傷。

「……祖母，臨兒信佛求道，是希望少些冤孽，怎麼能自己再去添些罪孽？」顧臨低聲說。

祖母沉默良久，最後長嘆一聲。這個最像她的孫女，終究還是沒能跨過那個女子的生死情關。她對自己蒼涼的笑笑，誰年輕時不這樣？她也是經過無數失望和壓抑，才能漠然的跨過去。

女子一生，關隘重重。婚嫁是關，生子是關，愛恨怨憎更是銅牆鐵壁，活到她這年紀，誰不是血淚斑斑的殺將過來？

「……醫藥之力有限，姑爺能把身子養好已經到頂了，子嗣上依舊艱難。」祖母緩緩的說。

「臨兒只求心安，絕不後悔。」顧臨低頭。

祖母輕輕吐了口氣，雖然有點無奈，但唇角還是微微上勾。不合時宜、孤傲狷介，其實她不該高興。

但她還是高興的。

能在後宅這個修羅場保住本心，這是多不容易的事情……她以有這樣的孫女兒感到驕傲。雖然是有些淒慘的驕傲。

「去瞧瞧妳母親吧。」祖母溫和的說，「羅兒難得回來，妳們姊妹也好久不見了。」

顧羅就是她那貴為世子側妃的嫡妹，她恭敬的向祖母拜別，出了花廳才苦笑。不出意料之外，娘親和嫡妹待她極為冷淡，一碗茶都還沒喝完，娘親就冷笑著說，「妳那群寶貝妹妹們也回娘家了，不去見她們，待在我這兒做甚？趕緊去當妳的賢良嫡長姊吧，別讓人說我阻了妳好名聲、好賢慧！」

顧羅撇了撇嘴角，輕蔑的看她一眼，親親熱熱的挽著娘親的胳臂，「娘，妳瞧瞧這軟煙羅……女兒特別為您挑的呢！這可是貢品，要不是咱們世子爺，別個也拿不出手！」

顧臨張了張嘴，最後還是沒出聲。顧羅和世子妃爭寵得厲害，爭到傳遍京城。她是很想勸勸嫡妹，妻妾有別，還是遵守點禮法為好。可顧羅絕對不會聽她的，娘親也只會覺得她藏奸。

她苦笑著告退，兩個嫁在京畿附近的庶妹早棄了姨娘等著，七嘴八舌的和顧臨道家常、吐苦水，爭著把自己的孩兒給大姊看。

顧臨跟她們談笑著，輪流抱著自己的外甥女和外甥。高興歸高興，卻微微有荒謬感。理應與她最親的娘和嫡妹仇視輕蔑她，和她隔肚皮的庶妹信賴親近她。

出嫁以來，這是她頭回初二回娘家……之前二爺連見都不見，怎麼可能陪她回來？祖父和爹也當沒她這個女兒和女婿，不聞不問，接近老死不相往來。

明明是他們作主把她嫁去謝家的。

但是今朝回來，祖父和爹待璎哥兒這樣親密熱情……無非是他是備舉的京畿秀才，擺脫了過往紈褲的臭名。

相較之下，七歲不同席，謹守禮法的哥哥和一干庶弟妹，卻不論她壽夭窮通，都相同的關切信賴，書信不斷。

這是怎樣的一種緣法。

大哥一直淡淡的，並不像祖父和爹那樣熱情招呼瓔哥兒，甚至也沒跟她多說什麼。直到他們要走了，他才將顧臨叫住，已經是庶吉士的大哥，遞給她一個包袱，沉得很。

「我讓小弟謄了一份我歷年窗課。」他還是淡然，「妹婿肯上進是好事，缺什麼寫信來說，不用隱著瞞著。」沉默了一會兒，「臨兒，妳是難得的明白人，用不著跟娘和羅兒計較。」

顧臨默默的點了點頭，勉強的笑了笑，上了馬車。瓔哥兒神經很粗的大喘氣，「妳爹和妳爺爺是怎樣？嚇死人……幹嘛只盯著我？那麼多個女婿……我又做什麼了我？對了，奶奶……我是說岳祖母大人說了我現在狀況如何了？呃，那個，可不可以……什麼時候可以……」

他的嘮叨立刻斷成兩截，噎著說不出口了。

英明神武的御姐兒，主動的抱住他的腰，把臉埋在他胸口，眼淚一滴滴的流下來，讓他慌得不得了，問也問不出，哄也哄不好。

完了。莫非……

「我、我難道……」璎哥兒也快跟著哭了，「我、我活不久了……？我對不起妳啊御姐兒，讓妳年紀輕輕當寡婦……」不應該啊！難道是迴光返照？但也太漫長了吧？

愣了一下，原本百感交集的顧臨，立刻破涕而笑，看他那張皺著的俊臉，越發忍不住。

等解釋清楚，終於讓璎二爺皺著的俊臉舒展了，可旋即又有些發愁。「還要到秋天啊？就不能……」

「不能。」顧臨虎著臉回。看他發愁的俊臉又皺成包子，她笑了起來，胸口的那股悶氣，竟然消散許多。

等璎二爺心不甘情不願的從大法師的長久生涯之痛苦難當萬般追憶回神，才想到要問問顧臨哭什麼。

「……出嫁至今，六年有餘，頭回在初二回娘家，感觸多了點。」顧臨避重就輕的回答，順手把大哥給的包袱遞給他，轉移璎哥兒的注意力。

「什麼？那謝子瓔真不是個……」瓔哥兒把「東西」那兩個字硬吞下去。的確不是個玩意兒，可他現在就是謝子瓔，罵來罵去還不是罵到自己？而大舅哥給的那包窗課很快的吸引了他。

別說古不如今哈。他這大舅哥比他還來得，更像補習班的菁英教師啊！瞧瞧這講義的水準……就是文縐縐的，又沒標點符號，看起來有點吃力……但他也不是剛來那會兒，被人當成瘋傻、古文無力的瓔二爺了。

看著喜孜孜翻著大哥過往窗課的瓔哥兒，俊俏的臉孔又出現那種不協調的憨厚傻氣，顧臨突然覺得，若是他一生都這樣，該有多好。

不在乎他顯達富貴，不在乎生兒育女，就只是傻呼呼，神經很粗，雖然不懂她，卻會特特的為她買個甜白茶碗的瓔哥兒，那就是，她最大的希望了。

當然咱們的瓔哥兒不知道他在一無所覺的情形下，讓顧臨的好感度再次翻倍。

過完年他簡直忙翻了天，日日往外跑。

還別說，琯哥兒讓他啟蒙（帶壞）以後，一整個開竅了，而且聞一知十，演繹得非常高超精深。二哥讓那些吃飽沒事幹的清客幕僚編寫舉業講義，這很好。二嫂家的大舅哥支援那些鞭辟入裡的自註窗課，更是如虎添翼。

如果這是外地舉考，他敢說二哥只要閉門讀書就能吊個車尾。至於他麼，小生不才，實在是這舉他考不得，不然案首不敢講，前五總該有的。

但京畿舉子，不是這樣就行的。

京畿是啥地方？臥虎藏龍之地啊！什麼最多？權貴最多！雖然說還不知道誰是主考官，但不出那幾位大人。雖然說光明正大的洩題是不可能的，但混個臉熟知道個大概的喜好和方向，那是絕對辦得到的。

他所讀的學院山長是個脾氣古怪的勛貴才子，世家譜略次慕容家，與顧家比肩的淮南蕭家嫡房子弟，大名為蕭宵，字青雲。當年偽造姓名籍貫的從四川一路考過來，是大燕朝第一個三元及第郎，金鑾殿上才自曝身分，謝絕為官，把皇帝氣笑了。

要罪他麼……他是太后的親姪子。不罪他麼……這個偽造文書就夠他喝一壺的了。

一來看在太后的面子上，二來也是惜才，皇帝令他奉旨讀書，永絕仕途了。

蕭大才子就是很不屑權貴圈子和這種家世為重的科考制度，皇帝這旨真是如魚得水，讓他免了家族壓力的辦了家平民書院，但架不住山長大人昭昭若日的才氣和聲望啊！來請益的勛貴宗室子弟要多少有多少，都可以繞京城排好幾圈了。

可他老人家有個外號，叫「蕭兩行」。他不問平民勛貴，交篇文章上來當名帖。開頭看兩行，中間看兩行，結尾看兩行。入眼了，延請上座，毫無架子可言，和藹可親的指點後進。

若不入眼……對不住，他老人家就能把文章摔進惜字亭一把火燒了，任人在外面威脅利誘也毫不動搖，說不見就不見，皇帝來說情也沒有用。

可惜進惜字亭的多，能見到他老人家的少。見到的，通常等於是半隻腳踏入舉業裡了。

琯哥兒呢，因為是書院學生，一考上秀才，蕭山長就把他的卷子給要了來，看完立刻將他叫來罵了一頓，後來就令他磕頭拜師了，成了他老人家的親授弟子。

原本他想替二哥捉刀，好讓二哥有機會讓這個怪脾氣的山長易筋換骨一番……

可人家瓔哥兒超有骨氣的，自己寫了一篇去當敲門磚……結果他也的確見到蕭山長了。

蕭大才子親自把瓔二爺寫的那卷策論，砸在那張俊俏的臉上。

「投機取巧、旁門左道！」蕭山長痛罵，「你們還真是兄弟哈，同樣是抄捷徑善鑽營的奸巧之輩！幸好千山萬水，不然你們家老太爺瞧了，不從蘇州奔來京城給你們倆頓家法?!謝老太傅怎麼會有你們這倆不肖兒孫？……」

罵完了，蕭山長歪了歪下巴，讓琯哥兒將茶遞給被罵矇了的瓔二爺手裡，糊裡糊塗的敬茶磕頭拜師了。

讓瓔二爺很悶的是，罵得這麼兇這麼狠，卻把他們兄弟倆收起來當關門弟子，教得更旁門左道、更投機取巧。

琯哥兒還忍得住，性子很直的瓔二爺卻沒忍住，終究還是問了。

蕭山長連眼皮都不抬，回答得很玄，「你們哥兩個，當翰林是禍害後代士子，卻是對當實事官的料子。」

還想問明白點，瓔二爺再次用臉迎接了自己寫的策論，伴隨蕭山長慣有的獅子吼，「子路說的話倒裝到顏回頭上？你書是怎麼讀的？也就孔孟兩本，到現在還讀不熟?!抄論語二十遍，十天後交上來！子琯，不要以為你偷笑我沒看到……連坐！你哥寫多少，你也給我寫多少，十天後交，少一個字仔細你們倆的皮！」

所以瓔二爺很忙，非常忙。他不但十天得去給蕭山長折騰一遍，還得依著山長旁門左道的交代：帶著琯哥兒攀關係走門路的去認識那些可能當主考官的大人們。

現在他深深覺得，所謂的光環效應，還是雲深霧重莫測高深的繼續光環吧。像他們這位三元及第郎、人稱高潔若青雲的蕭山長，表面上道貌岸然、仙風道骨……但只能正面看著。

轉到背後，都不知道有多少狐狸尾巴……恐怕比九尾還多一條。

就是山長大人淡然的說，「有關係不用是王八蛋」，就把他們倆踢出門去「以文會友」的跑關係了。

一脈相傳啊，瓔哥兒感慨。不管是二十一世紀的華人社會，還是歷史歧途的大燕朝，華夏子孫的傳統堅不可破、絕不動搖。

一如既往的……講人情，跑後門。

坦白說，古人還是比較講義氣的。幾顆藥丸子拉起的友誼橋樑，到現在居然還沒過期。反正在家自己讀得煩死了，乾脆呼朋喚友的一起跑關係兼聚會，有趣得多。

只是瓔哥兒怎麼都沒有想到，在這種讀書兼跑關係的生涯中，會意外的遇到「鄉親」。

而這個「鄉親」，給他帶來的麻煩，真不是一點兩點而已。

這個「鄉親」呢，是跑關係拉交情不小心相認的。

這天呢，風很和日很麗，完全適合跑關係。他親親老婆顧臨一如既往的替他打理行裝，檢點藥物和諸般瑣碎。一年多了，御姐兒一直都這麼貼心適意，這大概是當古人唯一的好處。

他就不懂了，明明可以享受老婆ＶＩＰ等級的超級待遇，他來往那些公子哥老爺大人們，寧可讓些外人……譬如婢女、譬如細姨，摸來摸去，白白損失自己的權益。

不過御姐兒說得也沒錯，這個年代，特別講究父母之命、媒妁之言，婚前根本就是陌生人，婚後硬湊在一起，女人非認命不可，男人呢，可以三妻四妾，能不認命誰要湊合？

但瞧他的那群朋友，在感情上，也沒幾個快活的。倒是常常倒葡萄架……後院失火，種馬遭殃。

可見這種馬生涯也不是容易過的。

但二十一世紀比較好嗎？自由戀愛，愛得死去活來才步入禮堂，這總好了吧？也不。光光這個「自由戀愛」就是個大難關，尤其對他這種深陷部隊的倒楣職業軍人而言，對象總要有的吧？但他的環境……總不能讓他去追福利社阿姨，何況人家不但比他大一輪，小孩都上小學了。

看似自由，反而因為生活圈子的狹隘，更不自由了。要不他怎麼會一傢伙成了大法師預備役……

可愛得死去活來就有善終嗎？也不。君不見年年飆新高的離婚率？

不是那麼擅長糾結的邊騎馬邊思索，直到和琯哥兒會合，遠遠的看到那張稚嫩的俊俏臉龐，笑靨如花，才猛然一拍自己腦袋。

有病！想那麼多幹嘛？古今婚姻如何關他屁事啊屁事？他就是強運，開始是倒楣了些，可不有個顧臨在這兒等著他？有個吹鬍子瞪眼睛卻值得依靠的爹，還有個精靈古怪卻早熟得讓人心疼的弟弟。

這位神經線很粗的瓔二爺火速將難得的嚴肅思考扔到九霄雲外，一路和瑄哥兒鬥嘴皮兒，一邊去和他們愉快的朋友們去拜會一個文名遠播的老翰林。

差點咬到舌頭的咬文嚼字，禮尚往來，人家應酬夠了，沒留飯，這群文人才子公子哥兒們也不以為意。這關係是要滴水穿石的，慢慢兒來。

不留飯豈不是更好，哥兒們吃吃喝喝胡侃指點江山舍我其誰，比跟老翰林在那兒掉書包兒隱喻會心快樂多了。

吆喝一聲，這群掛劍搖扇的公子哥兒們就往京城最大的萬象樓去了。

原本自己吃得開心、胡侃得愉快，但你知道的，京城的勛貴官宦牽來絆去，都有千絲萬縷的親戚關係。這又是京城最大的酒樓，難免就遇到些熟人，礙於兄弟的面子，大家還是相處得頗為融洽……雖然這群紈褲和他們這群文人是不太有來往的。

不過紈褲也分很多種類，粗粗分可以分為武紈褲和文紈褲。像之前的謝二爺，京城一霸，毫無疑問的是武紈褲的翹楚——他自格兒不會打沒關係，帶的人能打就行，他只要負責心黑手毒就可以了。

另一種就比較斯文，所謂文紈褲。自命風雅不屑俗務，講究的是綾羅錦緞、紅香脂粉。但這是個文人都要配劍裝裝樣子，武人得寫得一手入眼的字冒充斯文的艱難時代，文紈褲也不是好當的……人家青樓花魁頭牌姑娘都講究詩詞歌賦了，不能唱和兩句豈不是太丟人？

一來是親戚熟人，二來是還有個風花雪月的共同話題。瓔哥兒這群也沒多推讓，就讓文紈褲的戶部尚書白大少請去了他們聚會的雅閣小院。

瓔哥兒本來做好心理準備，還暗暗叮囑了琯哥兒兩句，別讓那些青樓女子給迷了去，獲得成就：琯哥兒白眼一枚。

「二哥，」琯哥兒沒好氣，「我頭回跟你出門？我才要跟你說哪，不用太緊張，應酬而已，嫂子不會生氣……天還亮著呢，不會太出格兒。」

瓔二爺一時語塞，「……哪、哪個緊張了？」手心有點出汗的跟著進小院，「別跟你二嫂說。」

琯哥兒悶住了。這種場合有個歌姬舞孃再正常也不過了，他們這些備考的秀才要臉皮顧名聲，不會太離譜。就算是紈褲的白大少，也不敢白日宣淫……可只要有歌姬舞孃在座，瓔二爺就坐立難安的找機會逃席……這還是他那十惡不赦好色到骨子裡去的二哥麼？

這大概就是佛家所言的「當頭棒喝」吧？迷途知返是很好，但返過頭也讓二嫂白擔妒婦的名聲不是？

「誰說誰是小狗。」琯哥兒咕噥的踏進萬象樓的雅樓小院，順便硬把他二哥拖進去。

奇怪的是，好色貪花自命風流的白大少居然沒有請歌姬舞孃，倒是一桌好菜色，在座還有個年紀不大的少年公子，神采飛揚，俊目流光，美得讓所有的人一呆。

「好哇，」少年公子未語先笑，「小白，拿我的菜請人，你真能借花獻佛哪。」

白大少哈哈大笑，只介紹這位少年公子是鄭國公府的五少，這對兄弟有些摸不著頭緒的看著自己的朋友們露出心照不宣的曖昧笑容，很親熱的上前問好行禮，言語甚至有些輕浮，這個鄭五少不但沒有發怒，反而顯得頗樂在其中。

但瓔哥兒坐下來吃飯，臉色卻越來越微妙。應酬了一個春天和半個夏天，吃吃喝喝的場合絕不少。可他敢打包票，全大燕朝絕對吃不到這等菜色。

等吃到麻婆豆腐，他還強自鎮定，安慰自己是巧合。

直到最後上了一杯雜了碎冰的酪茶他才失聲，「……珍珠奶茶?!」

當然口味不是很道地，粉圓是拿決明子冒充的山粉圓。但花那麼多工夫雕口徑適合的竹管當吸管……這絕絕對對是山寨版的珍珠奶茶！

鄭五少逼視過來，沉吟片刻，粲然一笑，「所謂心有靈犀，沒想到謝二少一嚐就知道我將這酪茶取名為『珍珠奶茶』。」

……你取名？喂喂，那我喝了二十幾年那個是怎麼……等等。他凝視著鄭五少。

「他」沒有喉結。

瓔哥兒還沒從「女扮男裝」的固有情節中轉過彎來，鄭五少已經非常豪放的敲著酒杯吟起詩來。

「君不見，黃河之水天上來，奔流到海不復回？

君不見，高堂明鏡悲白髮，朝如青絲暮成雪？

人生得意須盡歡，莫使金樽空對月。

天生我材必有用，千金散盡還復來。

烹羊宰牛且為樂，會須一飲三百杯……」

等所有的人如痴如醉的聽完這首〈將進酒〉，掌聲如雷，叫好聲幾乎衝破雲霄。

根本是廢話。這誰寫的？唐朝詩仙李白大才子的力作。他雖然背不完全，但也總讀過吧？

剽竊。這是赤裸裸毫無羞恥的剽竊啊！

結果人家女扮男裝的鄭五少彈起「滄海一聲笑」的時候，他藉口內急先逃席了。

還能不能更無恥一點兒？雖然他不承認自己是羨慕忌妒恨。

深呼吸，對，深呼吸……人家天生神力的超強記憶力，不能忌妒、不能忌妒。

反過來說，還好還好。他就沒剽竊過一字半句，誰知道會有「同鄉」？要不大家剽在一起，撞衫了，哇靠，別說仕途了，連童生都沒他的份。

人要知足、人要知足……

好不容易平復了心情，他沉穩的離開了茅房，一轉彎，卻被鄭五少嚇個半死。

「哪來的？」鄭五少很趾高氣昂兼字正腔圓帶捲舌兒的標準北京腔問道。

聽到鄉音是很親切，但這態度太不親切了。「台北。」不過他總是比較尊重女性。

「哦，台灣人。難怪普通話都講不好。」她很神氣的將鼻子一翹，「咱北京。」

所謂話不投機半句多，三言兩語就讓璎哥兒窩火了，但二十一世紀的教養猶存，他在心底講第一百次「不打女人」才勉強熬過去。

但這鄉親好死不死，聽到他是台灣職業軍人，從鼻孔嗤笑一聲，「草莓兵。」

璎哥兒將拳頭握得格格響，轉頭就走。沒揍這個「鄉親」就是他修養到了爐火純青的證明。

正好碰到瑄哥兒，他臉孔煞白看看後頭喊著二哥的鄭五少，悶頭一把抓著瓔哥兒就跑了。

「……二哥，你跟鄭五小……鄭五少，那個啥……」瑄哥兒支支吾吾的問。

「沒揍她是我修養太好！」瓔哥兒對他吼，跳上馬背，連馬都跟他作對的翹孤輪，氣得他一鞭打在馬屁股上，毫無辦法的被發脾氣的馬帶著狂奔而去。

瑄哥兒趕緊上馬追過去，揩了揩汗。關係有點複雜了這……這個所謂的「鄭五少」，在他死纏爛打的追問中，終於搞明白了。

事實上呢，這位「鄭五少」是鄭國公府的唯一嫡小姐，行五。名聲和瘋傻前的二哥並稱文武紈褲雙魁首。去年終於以十八歲的高齡嫁了出去，沒兩個月就和離回家，正是嫡母準備塞給他的國公府小姐。

他再擦了擦鬢角的冷汗，萬幸他逃過一劫。但這位大名鼎鼎的國公府小姐似乎對二哥太有興趣……他害怕二哥會在劫難逃……

鄭國公府顯不顯赫？當初鄭家祖輩就是跟著太祖威皇帝的第一個出生入死的心腹，威皇帝還迎鄭家嫡長女為后，你說呢？

別人家爵位世代遞減，頂多傳到五代就沒了。可鄭國公府卻是世代罔替，不僅僅是太祖威皇帝的從龍之功，架不住鄭國公府會生女兒啊！太祖高祖迎的都是鄭皇后——太祖娶的是姑姑，高祖娶的是姪女。

連現在的寧帝都有個鄭貴妃，那還是鄭五小姐的姑姑。

一百多年，這姻親關係就沒斷過，還出了兩后一貴妃，瞧瞧多不容易。鄭國公府的子弟雖然不出色，但也謹守本分，頂多文紈褲多些罷了。但承爵的嫡長子，幾乎都是從小嚴格教養，棒頭打出來的未來家主，每代都很爭氣的站在朝會之首，一直都是大燕朝皇帝的參謀首長。這代的家主鄭國公年輕些，不到四十，委屈當個副相少宰，將來定是位極人臣毫無疑問了。

所以鄭國公府在寧帝時，真是烈火烹油，鮮花著錦之盛……但天殘地缺，世事古難全。鄭國公府的少爺滿坑滿谷，就只有一個小姐。這個小姐不但是獨一個，還是個嫡的。

大燕朝很不講究，同姓可婚，表堂兄弟姊妹皆可論親。這個代代出后妃的鄭國公府，終於千盼萬盼的盼來了一個貴重的嫡千金，鄭國公真是疼到骨子裡去了……運氣好點，說不定能搏個太子妃，將來再出個鄭皇后也未可知……

果然這位鄭五小姐非同凡響，三歲能文，五歲就可七步成詩。不到十歲就以文才名動京城……卻沒達到她老爹的期望。

十二、三就開始偷穿小廝的衣服往外溜，仗著全家三千寵愛在一身，發現只挨了幾句罵，越來越出格，越來越離譜，等鄭國公想嚴加管教的時候，鄭五小姐已經化名為鄭五少，和家裡那群紈褲兄弟們往外大街小巷的逛去，青樓勾欄都沒在忌憚，還賣詞曲給老鴇……

鄭國公簡直要氣死，抓回來想打，疼了十來年的嬌嬌女，又打不下手。罵她兩句，瞧她眼淚汪汪，反而把自己心疼個賊死。於是鄭國公府嫡五小姐臻荔，就在鄭國公束手無策的狀態下，破天荒的以女子之身，理直氣壯的走向了文紈褲的巔峰。

到了這種地步，太子妃自然想都不用去想了，連嫁人都幾乎是不可能的任務。女孩兒家成天穿著男裝，在外和一群紈褲公子哥兒們廝混，哪個好人家敢娶？連跟她廝混的紈褲們都裝聾作啞，一起玩玩自然好，要娶回家別說爹娘不答應，捫心自問也沒那膽娶個比自己更紈褲的妻室進門。

於是這個已經步入傳奇領域的鄭五小姐，一直拖到十八歲，才被看不過去的老太君硬逼著嫁給憨厚的娘家侄兒。

之後老太君悔之莫及。差點為了這個她最疼愛的孫女和娘家人徹底鬧翻，老死不相往來了。

實在鄭五小姐太奇葩、膽大包天兼缺臉皮了。對自己的夫君不假辭色，據說連碰都不給碰。卻對年僅十三的靦腆小叔子太有興趣，當著公婆的面調戲小叔子，朝人臉上擰了一把……沒立刻把她休出去或浸豬籠，完全是看在鄭國公府和老太君是娘家人的面子上。

結果婆母責罵她不知廉恥，她就敢挺著腰和婆母對嗆。「早知道要嫁給醜八怪，我還不如撿著臉皮漂亮的嫁！」

於是兩家炸鍋，鄭國公府賠了無數不是，灰溜溜的爭到一紙和離書，將鄭五小姐領回家了。

這也是為什麼，會議親到琯哥兒頭上的緣故。鄭國公府對這個寵壞的女兒已經毫無辦法，只能將標準一降再降，都降到不是白丁，庶子也無所謂的地步了。

瓔哥兒怒火過了，明白了鄭五小姐的「輝煌事蹟」，只能搔頭，狂搔頭。

作為「鄉親」，他倒也不是完全不能明白鄭五小姐為何如此極品……都怪那些穿越小說的惡劣錯誤示範。男生看的穿越小說和女生看的穿越小說大不相同。

男生通常都是建不世功業，稱霸天下（有的還稱霸宇宙甚至破碎虛空），尚有餘力建立龐大後宮，每個女的看到男主角就心跳腿軟春心大動，立刻剝個精光任君採擷。後宮的建立和管理從來不是問題，男主角的那啥也不是幾個寶特瓶的量，而是一整個太平洋的庫存，隨意揮灑絕不腎虧。

女生呢？要不就是一生一世一雙人，都能征服皇帝到解散後宮，遑論幾隻阿貓阿狗等級的細姨。要不就是眾家帥哥見到她就會突然中蠱，人見人愛、花見花開、車過車爆胎（？），上至皇帝、下至侍衛無不痴心絕對，口味重點的還會愛到綁架女主角，虐戀情深又巴啦啦……族繁不及備載。

鄭五小姐這「鄉親」，大約是「後宮中毒症候群」的那種，最大的憾恨可能是沒穿對時代，應該去大清朝把數字軍團一網打盡，纏綿悱惻直至滿到溢出來才對。

至於他一個鐵錚錚的前陸戰隊職業軍人，為什麼對這男生看的和女生看的穿越小說都瞭若指掌……完全要歸功於他那二十四小時都在軍隊中當大法師預備役所致。

都已經是老鳥教官了，有自己的個人房。但回房以後該幹嘛？既然不好外出租書，只好在房裡上電腦看動漫畫和小說……

長久累積下來，該看的不該看的都看出個專精了。

別說人家鄭五小姐，他剛來那會兒還不是差點讓全家掉了腦袋？穿越小說害人不淺啊……

所以後來鄭五小姐來堵他，璎二爺就和藹可親多了。苦口婆心的勸了她。所謂入境隨俗，拿不靠譜的穿越小說當範本絕對是錯誤的選擇之類的……

「哦？」鄭五小姐冷下臉來，「你的意思是說，我就該跟這邊的女人一樣，看著老公跟別人卿卿我我的賢慧？當然麼，站著說話不腰疼，你是男的，自然如魚得水，翻牌點人還可以合法在外劈腿睡酒家女呢！……」

「誰有那閒工夫搞這套?!」璎二爺怒了，「要融入這時代容易嗎？我天天累得跟狗一樣！又要讀書又要應酬的……」

鄭五小姐怪異的看他一眼，「我就不懂了，你這麼累幹嘛？你又不缺錢使！誰不知道之前的謝二爺膽大心黑，家底豐厚得緊。你一輩子躺著吃也無所謂。哪像我，想弄點錢開個萬象樓，勞心勞力，還得被迫讓人參股，不然這酒樓也開不成……」

「我又不是廢物！」瓔二爺打斷她，「這兒，是大燕朝！我現在呢，是禮部尚書府公子！我能走的只有一條路，那就是把仕途走透了，封妻蔭子，才能自食其力的養活老婆！大小姐，求求妳面對現實，妳現在是大燕朝鄭國公府的嫡小姐，別太出格兒了！」

說完他就氣憤的拂袖上馬，發誓再也不理這個白痴鄉親。

可這個白痴鄉親不知道哪根筋抽了。待她如此不客氣，她卻每每在瓔哥兒跑關係的時候出現，攀著他沒話也找話說。

瓔哥兒很毛，非常毛。瑄哥兒很愁，非常愁。這兩兄弟除了焦離不孟、孟不離焦的避免獨處，對這個得罪不起的高貴大小姐完全呈現束手無策的狀態。

可他們兄弟倆有張良計，但鄭五小姐有過牆梯。

即使放在二十一世紀，鄭五小姐也是個性出眾的野蠻女友型，何況是彬彬有禮人人講臉皮的大燕朝。

一開始還斯文些，讓那些與她廝混的紈褲朋友絆住琯哥兒，好給她和瓔二爺獨處的空間，後來琯哥兒不吃這套了，鄭五小姐毫不客氣直白的問他們倆是否「兄有弟攻」，有些什麼不可告人的關係？要不就是心許鄭五小姐，所以戀著不肯去？

過年才十四的琯哥兒臉皮還薄得很，哪裡吃得住這麼剽悍的質問和宣傳，只能落荒而逃，心底不斷的為二哥祈禱。

瓔二爺真的被纏得煩了，「……妳盡纏著我做什麼？妳身邊嗡嗡亂飛的狂蜂浪蝶還不夠多？」

鄭五小姐臉一沉，「那些個東西玩玩也就罷了，能當個玩意兒？」

「妳到底想幹嘛啊?!」瓔二爺終於吼了。

結果人家小姑娘讓她吼得一抖，眼淚一滴滴的掉下來，好不可憐。「我、我一個人在這邊孤零零苦熬了十幾年，好不容易見到鄉親……還不許我跟你親近，給不給人活了？」

我哪輩子犯了天條十惡不赦得跟妳這嬌蠻女親近？誰不給誰活啊?!

但咱們瓔二爺，是個二十一世紀的男子漢。除了某些有心理疾病應該去看醫生的男人以揍女人為樂，正常男性尊重女人已經成了本能。更何況他是個心腸很軟的大法師預備役，對女人的眼淚特別沒有辦法。

雖說三言兩語還是有揍人的衝動，往往不歡而散，但也沒像以前逃得跟飛一樣。

人嘛，總是會懷舊的。親不親，故鄉人。雖說距離相差十萬八千里，一南一北，還相當微妙的呈現略微敵對狀態……但總是同個時代，有共同和相差不遠的教育與價值觀。

等熟了些後，瓔二爺感慨。這個一胎化太過頭實在後患無窮啊。這位小姐來了十幾年，是北京某大學中文系的高材生，前世今生加一加，年紀都比他大了。可人家是一胎化制度下的獨生女啊，表堂兄弟中唯一的女孩兒，被寵得簡直是天上天下唯我獨尊了，完全是強硬到有點扭曲的鷹派女性主義者兼憤怒青年。

結果一場車禍，跑來這個男尊女卑的倒楣大燕朝，想想該有多痛苦多不適應，而且那時候才兩歲，從娃娃開始苦起。

不知道幸還是不幸，前世已經被寵過頭了，來到大燕朝更是被寵得腐爛，才會淪落到今天這麼聲名狼藉的地步。

而且還嬌蠻得這麼理直氣壯，滅日屠美……呃，是這小姐沒事幹就愛這麼嚷，老說她若是男人，才不會像瓔二爺如此窩囊沒出息，非幹出一番大事業，滅日屠美什麼的……

「起點和晉江一起混的是吧？」瓔二爺冷冷的戳她，「難得一起混還不會神經打結。」

鄭五小姐神經有沒有打結不得而知，但她撲過來準備打瓔二爺卻是確然的。花拳繡腿，嘖嘖。瓔二爺氣定神閒的閃開，連手都懶得抬，讓鄭五小姐氣得拔劍，砍得氣喘吁吁，卻連衣角都沒能勾掉半條絲。

這身手，哎。連他的一拎兒都及不上，更不要提他那「儘容易」、「懂皮毛」的親親老婆顧臨。

「鬧夠了沒？」瞧鄭五小姐拄著劍嬌喘連連，瓔二爺客氣的問，「我得回家吃飯了。」

「謝子瓔！」鄭五小姐氣急敗壞的嚷，「你敢走？我讓你走了麼?!」

「腿長在我身上。」瓔二爺冷笑一聲，拔腿就走，卻沒意識到他剛剛那個冷笑……正是那風流壞胚子的邪佞。

結果就是鄭五小姐愣愣的面蘊霞暈，站在原地看著瓔二爺瀟灑遠去的背影，潮紅久久不散。

那天鄭五小姐早早的回了家，躺在床上看著帳頂。眼前晃著都是謝子瓔鳳眼一勾，嘴角一斜的壞樣兒。

她都十九了，誰想這樣一天天蹉跎下去？老爺夫人和太君嘴裡說疼她，還不是硬把她嫁給個醜八怪……真不如嫁給他弟呢，起碼是個漂亮的小正太不是？

當她不知道呢，到處打聽著要把她再嫁出去，問都不問她一聲兒。

她不願意、她不習慣、她不接受。就算是來了十幾年，她說什麼都不肯跟人分享丈夫，更不能一點愛情都沒有的和人湊合一輩子。她怎麼了？又沒怎樣，就是跟男人說說話吃吃飯，到處見識見識，賺點兒錢花花罷了。

為什麼這個破時代就是容不下她，別個女人看到她就像看到大麻風，編派得那麼難聽？難道還得跟這些愚蠢女人一樣大門不出、二門不邁？與其那麼憋屈的過，不如死了算了。

她偷偷擦去眼角的一滴淚。

可……若是嫁給謝子瓔呢？心底的憂鬱陰暗慢慢敞亮起來。是啊，畢竟他們有相似的遭遇和相同的年代。她不會被關在家裡，二十一世紀的男人也比較好調教，不會三妻四妾的那麼自然。

反、反正也不是很討厭他。應、應該能夠……

至於謝子瓔的妻妾，她倒是半點也不放在眼底。那些畏畏縮縮、小裡小氣，只知道女誡的愚昧古代女人算啥？還有人能比她更懂謝子瓔，更適合謝子瓔的嗎？

大燕朝她可是謝子瓔的唯一選擇！

一想清關節，鄭五小姐抒了一口氣，微微的笑了起來。

同時間，正在吃飯的璎二爺打了個響亮的噴嚏，湧起一股莫名所以的惡寒，臉色異常難看，把顧臨嚇了個不輕，以為他餘毒發作了。

*　*　*

璎哥兒陷入了水深火熱兼痛苦難當的窘境。

鄭五小姐大駕光臨了幾次，他那個史詩級的便宜娘熱情招待，造成的後果非常嚴重——史詩級的便宜娘對顧臨挑剔的更厲害，似乎和鄭五小姐達成某種默契，幾乎要結盟了。

這逼得他只能嚴令李大總管，只要是鄭五小姐登門投帖，務必要死死的瞞住謝夫人，給他封殺鄭五小姐於大門之外的機會。

他老爹罵完他史詩級的便宜娘，又轉過頭來對他咆哮，痛心疾首的問他何以去招惹國公府小姐，要他妥善處理的時候……他真是啞巴吃黃連，有口說不出。

每次只要李大總管遣使來報，即使在吃飯，他也只能把飯碗一扔，撩起袍裾往外跑，不然這個超級自我中心的鄭五小姐就敢闖進來，直接攻擊謝府最貧弱的謝夫人。

有回他真的火了，不想理她，這位大小姐大剌剌的登堂直入浩瀚軒，用極度輕視的眼光上下打量詫異看著她的顧臨。

焦頭爛額，真的完全是焦頭爛額啊。誰說秀才遇到兵，有理說不清？他這個倒楣兵遇到鄭五小姐，才是真的完完全全扯不清。

還是用拖的，才硬把這位自來熟過度的鄭五小姐拖出去。氣急敗壞的對她吼，人家氣定神閒兼笑靨如花，「誰讓你不見我？你老婆長得也不怎麼樣。」

瓔二爺動真怒了，「我就愛我家御姐兒這款的，關妳什麼事情？」

「你跟她有什麼話說？」鄭五小姐嗤之以鼻，「無知又無聊的古代女人。你也真是沒骨氣，活得那麼憋屈。命運給你什麼你就照單全收？就不會抵抗一下，扭轉乾坤？虧你還是堂堂擁有五千年文化累積的現代人呢……」

瓔二爺啞口。哇靠，這小姐被穿越小說荼毒到病入膏肓了。現代人好了不起？在大燕朝現代人連屁都不是。鄭五小姐是有個好爹好娘好奶奶罩著，剽竊些詩詞歌賦不痛不癢，大約是沒把煉鋼和火藥方子背下來……也天幸沒有背下來。

吵了幾聲，璎二爺疲倦了。他覺得和這個青番女嚴重溝通不良，代溝深得貫穿地球。他花這時間和鄭五小姐耍嘴皮鬼扯淡，還不如回家背書。

「道不同不相為謀。」他舉手投降，「妳走妳的陽關道，我過我的獨木橋。各人有各人的生存方式，妳愛怎樣就怎樣。至於我想怎麼活，活得憋不憋屈，完全不是您的業務範圍……」

鄭五小姐沉下臉，「……你怎麼還是不懂？在這破時代……你和我，才應該是最、最親近的人……」

「我可不這麼認為。」璎二爺真的煩了，「小姐，我若是沒記錯，您老人家不但要滅日屠美，在那之前還誓言要收復台灣。我沒把槍……我是說拿弓對著妳射幾箭，已經是看在妳是個女人的面子上了。橋歸橋、路歸路，拜託妳不要再來煩我！」

這樣的拒絕已經算夠直接了吧?!他也不是初來乍到那個人稱瘋傻的謝二爺了，磨了兩年有些彎彎繞繞也搞明白了。雖然誰也沒直說，但他也領悟到，鄭五小姐大約是想進謝家門……倒不是真的看上他，而是看上他這個「鄉親」的身分，不然名聲太破的鄭五小姐不知道會被塞到天涯海角，嫁給什麼阿貓阿狗。

可鄭五小姐卻說，「不走走看怎麼知道合不合適？」

瓔二爺炸毛，「……我結婚了啦拜託！跟別的女人有什麼好走的?!」

鄭五小姐反而寧定下來，果然沒錯，還是同時代的男人比較值得期待。「那又不是你娶的，是之前的謝子瓔娶的。」

敢情妳還要死會活標啊?!

「我對我家御姐兒很滿意，滿意得不得了！」瓔二爺落荒而逃，「感謝錯愛，只是我個草莓兵消受不起！」

但逃得了一時，逃不了一世啊。為了求她別再上門，瓔二爺忍痛簽訂了不平等條約：他在外跑關係時「巧遇」鄭五小姐，不會轉身就逃。

然後這個「緋聞」用飛快的速度傳遍京城，瓔二爺陷入極度焦頭爛額狀態。

不說老爹震怒的砸了貴重的澄泥硯，便宜娘極品到史詩等級的遊說，連瑄哥兒都不怎麼諒解。那群文人朋友的調侃慫恿，更讓他應付得苦不堪言。

在這麼淒慘落魄的狀態下，他還得擠時間出來努力讀書，倍受蕭山長的蹂躪。

幸好御姐兒一直都那麼賢慧溫柔，沒有雪上加霜。只問了他一次。他支支吾吾的不知道怎麼解釋這種「鄉親」的孽緣，只含含糊糊的說在外不小心認識了。

顧臨沉默了一會兒，只笑了笑，就揭了過去，沒再提了。

瓔哥兒心頭的石頭落了地，他本來神經就粗，又非常信賴顧臨，苦水也只能朝她倒了，不然他真的快憋死。

顧臨總是靜靜的聽，幾次欲言又止，終究還是沒有說出口。

畢竟這不是她該說的，甚至連想都不該想。但不是她爹有很多姨娘，她的爺爺叔叔也很不少。這種女人固有的手段，真見多了，只不過是另一種引起注意的方式罷了。

要不怎麼那些嬌奢任性，常惹怒夫主的姨娘反而更被寵愛呢？好印象要一直維持下去，難。稍微有點瑕疵就會前功盡棄。壞印象反而容易，只要稍稍流露出點真情善心，就很容易讓男人心動、在意。

現在瓔哥兒就常常提起鄭五小姐，充滿抱怨，但偶爾也會說「她其實本性不是那麼壞」，只是「不識時務，不懂規矩，太過天真」。

微微的酸澀漸漸加深、擴大。對她越發挑剔刻薄的婆母，明示暗示的要她「識相點」，津哥兒畢竟只是記名，她依舊一無所出。

真的，若是較真起來，這點真可以休她沒得商量的。

國公府小姐畢竟不可能與人為妾。

但她還是沒對璎哥兒說什麼。他也夠難的了，面對一團混亂，還用功不懈。誰都在迫著他，若連自己都迫他，秋闈在即，他怎麼考過這一關？

就算不中，也不該雪上加霜。

不得不說，蕭山長是個有本事的，璎哥兒也真的下了死工夫。在焦頭爛額兼亂麻狀態的璎哥兒，這年秋闈成了少有的一舉得中的舉人——雖然還是死守倒數第一。

謝府還真是雙喜臨門了……不但璎哥兒中舉，在蘇州老家考舉人的珞哥兒也中了，名次還比他哥好看得多。結果謝尚書府門檻差點被踩爛了，幾乎都是來探口風的。誰都知道謝府嫡四爺謝子珞是個有志氣、有才學的，而且尚未訂親。

把謝夫人樂得合不攏嘴——雖然只能白樂著。珞哥兒是她親生兒沒錯，可打五歲起，就脫離謝夫人的管轄範圍內了，連親事也不例外。

但在如此薄海歡騰的喜慶氣氛中，正書房卻異常冷寂，謝尚書面對著他最得意的兒媳默默無語。

實在他也不想開這個口，但胳臂拗不過大腿。鄭國公都肯讓唯一的嫡女當平妻了，紆尊降貴到這種地步，他不想要，也不敢不要，卻不情願要。

顧臨半垂著眼簾，神情依舊很平靜，只是沉默得有點久。終究她還是說了話，「父母之命、媒妁之言。但憑公爹作主，兒媳謹遵就是。」

換謝尚書沉默了。在他這個謹守禮法的老大爺們看來，納個妾室通房沒有什麼，但妻室獨一無二，斷然不可輕許。

天無二日，土無二王，家無二主，尊無二上。連瑄哥兒都不讓娶的國公府小姐，卻進門當他嫡長子的平妻……永無寧日不足以形容，更嚴重侮辱了不離不棄扶持著瓔哥兒的兒媳婦。

「……也未必到這地步。我倒是沒給個準信。」謝尚書嘆息，「只是鄭國公提了這麼一提……誰知道是不是有啥貓膩。妳讓瓔哥兒安分點兒！沒兩個銅板不響……還不都他攬出來的破事！」

顧臨恭謹的告退出門，卻發呆了一會兒，才緩步走出書房院子。在外候著的甜白，看到少奶奶卻嚇了一跳。老爺是跟奶奶說了些什麼，讓一直很淡定從容的奶奶神色這麼蒼白？

「奶奶？」她顫聲扶住顧臨，這才讓顧臨清醒了些。

顧臨勉強笑了笑，深深吸了口氣，「……沒什麼事，走吧。」

才轉入二門之內，就聽到一陣怒吼和馬嘶，鄭五小姐縱馬進了後宅，正在和瓔哥兒對吼，結果鄭五小姐毅然決然的從奔馬上跳下來，瓔哥兒慌張的接住了她，兩個人滾成一堆。

不樂壽，不窮夭……辦不到。現在我……辦不到。

嗖的一聲，甜白大驚的看著少奶奶飛簷走壁，掠過樹頭竹梢，一會兒工夫，就瞧不見人影了。

等從馬廄奪了馬衝出角門，顧臨才冷靜了點兒，啞口無言。

這輩子最出格的事情，大概就是這獨一件了。她居然衝動到忘記禮法閨制，私自出府，穿著家常半舊衣裳，連個紗帷也沒戴，大剌剌的騎著馬招搖過街。

太不像樣了。

躊躇了一會兒，她撥轉馬頭，撿著荒僻點的路走。都出格兒了，現在回去也彌補不了，還不是得吃婆母的掛落，說不定還有家法。

現在她就想自己一個人靜靜，不去想樂壽窮夭，不想看到瓔哥兒和……應該會成為二爺平妻的鄭五小姐。

也不想去思考未來可能會有的驚濤駭浪和無數煩惱。

她是大門不出、二門不邁的閨閣婦人，這沒錯。但她記性好，還記得她離京上山祈福的路……大致的方向不錯，撿著荒僻的路也蜿蜒的找到城門，出城了。

不到半里路，就是偎著京城的永定河。秋高氣爽，萬里無雲。遼闊無盡的永定河岸，嘩啦啦的翻著雪白芒浪。

她緩蹄慢行，聽著沿岸酒樓絲竹管紘，遙遠而模糊。離京越遠越荒涼，先是快走，然後縱奔，她很快的適應了馬匹的節奏，穩穩的跑起馬來。

風梳過她整齊的髮髻，勾起幾絲俏皮的亂髮。秋風呼嘯，大雁南飛，天水共一色。原本鬱結幾乎成瘍的心，漸漸的放鬆、舒展。天地如此遼闊，為了一灘死水似的後宅蝸角之爭痛苦煩惱，實在是傻，很傻。

她隨手挑的是匹老馬，漸漸力氣有些跟不上了，卻還是固執的拚命狂奔。老驥伏櫪，志在千里麼？她輕喝著勒韁，漸漸緩行，馬兒已經汗出如漿，滿口白沫了。

顧臨下馬牽著，往著永定河走去。這才發現附近是個小碼頭，人來人往，只是目可即，離她還有段距離罷了。她也不以為意，馬狂奔後不能立刻飲水，要略走走汗止才能讓牠喝，不然必傷馬。

這還是押著弟弟們學騎馬時聽騎射師傅說的，這麼多年了，她卻記得清清楚楚。該知道的不該知道的，她都懂得太多、記得太深。

然後太明白，結果完全是太苦。

飲馬河岸，秋風飄蕩她半舊的月白家常舊裳，鼓滿了風，像是要飄然飛去。

「滾滾長江東逝水，浪花淘盡英雄。

是非成敗轉頭空。

青山依舊在，幾度夕陽紅。

白髮漁樵江渚上，慣看秋月春風。

一壺濁酒喜相逢。

古今多少事，都付笑談中。」

她縱聲歌唱，非常罕有的，自在。這首詞是傅氏宮人傳下來的，她只知道是〈臨江仙〉。她的祖母也異常喜愛，偷偷地教她唱。甚至將她取名為「臨」，字「江仙」。

如果可以，大姑姑應該就是這名這字。但當時的祖母還是人家的兒媳婦，連替女兒取名的權力都還沒有。直到成了別人的婆母，才有資格為第一個孫女兒取這個名和字。

她們，或許傅氏傳下來的女兒們，都在使盡全力的假裝。佔緊禮法，努力的讓自己循規蹈矩，無懈可擊。但她們比別的婦人懂得太多、看得太遠，深深知道自己被困在井裡，茶壺生波的無聊和淺薄。知道外面其實天寬地闊。

但看得太透太明白，並不是什麼好事。

唱完了以後，她深深的、深深的把胸中那口鬱氣吐了出來。古今多少事，都付談笑中。真的沒有什麼是值得執著的，沒有。

正靜默冥想，結果有幾個漢子晃啊晃的晃過來，開口調笑。斜垮著刀劍，看起來像是江湖游俠兒，匪氣很重。

剛好她也想試試看，能「防身」到什麼地步，畢竟她實戰經驗很少。

所以她扳了扳手指。

反正若是打不過，馬已經歇過來了，她的馬術不算精，但要逃過幾個兩條腿的人還不算難事。

結果不知道該是欣喜還是失落。總之，她收繳了那幾個漢子的刀劍扔江裡，傷應該不重……她已經小心控制力道了。那些漢子摀著屁股或肚子邊逃邊罵，又來了兩批人，刀劍照常的祭江，這次她比較難控制力道……人多了點。

躺了一地呻吟的人，不過大約皮肉痛和扭傷比較多，脫臼的很少，只有一個骨折……應該會好的。

她放心了。

或許她可以走。能去的地方多了。或許去探望阿妹和四郎，或許乾脆的出家，

「防身」夠她千里獨行無須相送。

但她撥轉馬頭，往京城緩跑。想想當然很好，就這麼離開，說不定她會很輕鬆愉快。

可她是顧家的嫡長女，謝家的嫡長媳。一走了之很簡單，她也覺得憑自己懂的皮毛，謀生不是難事。但牽累的是兩家名聲，婆家娘家同時蒙羞，弟妹叔姑同時抬不起頭，失蹤是最糟的，總有很多想像空間，受人指指點點。

這個節骨眼兒出家，也沒好到哪去，就像瓔哥兒說過的黑話，「想像力就是你的超能力」。京城勛貴豪門的夫人小姐們個個都天賦異稟的擁有這種「超能力」，能多天馬行空就只有更多不會減少。

再說，祖母以兵法教我，不是讓我當個臨陣脫逃的懦夫。

在被浪花淘盡之前，但看我傅氏後人，且搏一個英雄。

進城門時，秋天日短很多，已經開始有點昏暗了，總算趕上了關城門。

結果她馬上被守株待兔的家裡小廝圍起來勸，馬車早就候在一旁。原本有些不解，聽到小廝吆喝著分別去各城門收兵，並且回府報平安，顧臨啞然失笑。

敢情她失蹤了一個下午，全京城的各大城門都駐上了謝府的小廝僕從，大概謝府所有的馬車都派了出來……這麼大陣仗。

她靠著馬車端坐，後背挺直。一時衝動，造成了自己和別人天大的麻煩。

鄭國公已然開口，恐怕這件親事是避不過去了……認真論起關係，不說顯赫百載的鄭國公府，鄭貴妃還是鄭五小姐的親姑姑呢，禮法上，大燕朝皇帝還是鄭五小姐的姑父。

不過，八字還沒一撇呢。即使勢在必行。

最重要的是，二爺是怎樣看這樁婚事的。這很重要，因為這關係到她下半生的應對，該應對到什麼程度。

茶壺不生波和怒海起狂嘯相差程度是很遠的。兩種她都有把握辦到，而且估理。

正思索著，馬車慢慢停下來，她正奇怪應該還不到謝府，結果門簾一掀，面青脣白的瓔二爺上上下下的打量她，確定她安然無恙，立刻急道，「御姐兒，妳聽我說……」

「好，二爺，我聽你說。」顧臨平靜的回答。

「不！妳不要說『妳不要聽』，妳聽我說！」

「……我在聽你說呀。」

「不！妳不要說『妳不要聽』，妳聽我說！」

鬼打牆了幾次，慌張到極點的傻二爺逗笑了她，「瓔哥兒，你到底想說什麼？我等著呢。別急莫慌，我聽你說。」

欸？瓔二爺終於搞明白了，卻也糊塗了。這程序……對嗎？不是應該他喊「妳聽我說」，然後顧臨激動的喊「我不要聽」，無盡循環播放之後，顧臨對著他罵「你無情你殘酷你無理取鬧」之類的嗎？

天知道顧臨近中午的時候撞見他義救鄉親，立刻施展輕功跑了，他悔之不及的死追活追，等追到馬廄，顧臨都騎馬走了有一柱香了。

不說他懊悔難當，咆哮著讓幾個膀大腰圓的僕婦硬把鄭五小姐架出去，浩瀚軒上下都用「你無情你殘酷你無理取鬧」的眼光惡狠狠的鄙視他。

很想喊冤，但他自己都有些模糊的感到喊不出來。鄭五小姐和他「鄉親」的孽緣曝不得光，在大燕朝，鄭五小姐和他是沒有半點關係的。

國公府小姐又不可能與人為妾，這……

換做他是別人，也會覺得這個男主角「無情殘酷無理取鬧」，擺明了就是要陳世美。

隨著時間一分一秒的過去，遍訪顧臨在京的娘家和所有親戚，得到的都是絕望的消息……他的驚慌也隨之水漲船高，直到紅色警戒的地步。

他是豬，他就是頭心腸軟到活該被賣掉的豬啊！鄭五小姐樂意摔斷腿甚至摔斷頸骨關他什麼事情？死死算完！說不定她還能回鄉呢，他從此也擺脫了這個麻煩。為什麼要良心過度飽滿的去救她，結果惹得老婆離家出走……

璎二爺懊悔的幾乎吐血，鬧著要出去找。反而他老爹鎮靜多了，將他喝住，「我謝門嫡長媳不是個不知進退的。你還是在家聽消息，有了著落自己接去，省得錯過了反而壞事！」

他老爹還真是神機妙算，果然顧臨自己回城，小廝縱馬回來報平安，他立刻竄出去，滿心想著怎麼磨得御姐兒「妳聽我說」。

結果呢，御姐兒沒有哭鬧發脾氣，冷靜異常的「聽他說」。

基於某種本能，原本紅色警戒的驚慌，一傢伙上升到破表。派到這個城門的馬車不算寬敞，但瓔二爺義無反顧的硬擠著跪下來，對著顧臨淒涼的喊，「冤枉啊！老婆大人！」

顧臨讓他嚇得一跳，險些撞到車頂。看那張俊俏壞胚子的臉龐，滿滿的委屈和可憐，衝突的特別呆傻，讓人實在忍俊不住。

顧臨邊拭著笑出來的眼淚，一面扯著他，「做什麼你？男兒膝下有黃金……跪天跪地沒有跪娘子的。」

大概是危機激發潛能，向來神經粗嘴巴笨的瓔二爺突然開智慧了，「御姐兒，娘子大人！妳就是我的天和地，不跪誰也跪一跪妳……我錯了！那瘋女人高興摔斷自己脖子，我就該成全她！我跟她真的啥都沒有，拜託妳相信我吧！」

瓔哥兒還跪著，仰著頭，兩手按在她的膝蓋上，卻微微的發抖。

其實，他的瘋傻早好了，毒也解了，有功名傍身，前途無量，後院還有三個嬌俏可人的姨娘獨守空閨。既然已經往正道上走，也能抬頭挺胸做人了。有她沒她，根本不礙什麼。

沒了她豈不是更好？雖說名聲差，到底是國公府小姐，皇親國戚，是個絕色裡的絕色，將來對他仕途有絕對的助益。

他不是一直很想去兵部麼？娶了鄭五小姐，幾乎就沒有任何問題了。

顧臨理智冷靜的分析，但瓔哥兒卻越聽越火大，「御姐兒，妳要丟了我是不？我考這個他媽的功名，拚成這樣，不是要什麼兵部不兵部的……而是我想帶妳出京！就算當個主簿洗馬我也認了，只要能讓妳舒心幾年，讓我養活妳，離開這攤破人破事就行了……從來不是為了其他理由！」

她噎住了。原本堅固如銅牆鐵壁的心防搖搖欲墜。原來……在他面前，心防脆弱到這種程度。

顧臨勉強一笑，「……美麗高貴的國公府小姐哭著喊著，連墜馬都使出來了，要嫁你當平妻呢……心底沒有一絲半點高興和得意？咱們誰是誰，何必隱著瞞著……」

「平他媽！」瓔哥兒終於爆炸了，「叫她去擼壁啦！不要以為我不懂大燕律……雖然沒背全，也都讀過了！平妻不是容易有的……我就敢把這案子告進京衙，御前打官司我也不怕！」雖然科舉不考大燕律，但自從差點兒讓全家沒了腦袋之後，瓔哥兒很自覺的試圖亡羊補牢。

終究，她還是越不過情愛這個女子的生死大關。

一滴淚滑下了她的臉龐，顧臨飛快的擦掉。

看起來，她也只能「怒海起狂嘯」。畢竟寶劍贈烈士，紅顏酬知己。

「好，我明白了。」顧臨也跪下，緊緊擁著狂喜又莫名其妙的瓔哥兒。

* * *

意外的，顧臨沒有受到什麼責罰。

公爹只是語重心長的要她記住身為謝門嫡長媳的身分，再沒多說什麼就讓他們告退。至於婆母，連面都沒有露，居然讓她輕輕巧巧的度過這關。

事有非常必有妖啊，她詢問還紅著眼眶的甜白，甜白噗嗤一聲，低低的回了。

所謂相生相剋，所謂樂極生悲……為了珞哥兒三年後的進士考，謝老太爺和太夫人已經帶著珞哥兒啟程，走水路往京城而來了。

原本只有謝老太爺帶著珞哥兒來，情理之內。這個進士，非在京城考不可，跑關係講人情，也不能臨時抱佛腳，越早開始越好，毫不意外。但謝太夫人也跟著來了，還特別指名要見見津哥兒……

這背後的含意就深了。

現在謝夫人陷入歇斯底里的狀態，哪裡管得到不肖兒媳，只忙著清查謝太夫人安在隱處的奸細。一反過去的溺愛，嚴加教導津哥兒，深怕被謝太夫人捏出一絲半點的錯處來……津哥兒果然是二爺的骨肉，不到三歲就是個驢脾氣，祖母前後態度相差太大，他就大唱反調，很讓謝夫人水深火熱的焦頭爛額一把。

害備足了十二萬分精神的顧臨遺憾了一下……原本她排了一整套天干地支標號的「安內」都派不上用場了，謝夫人已經讓謝太夫人遙遠的鎮壓，人還在路上呢，已經把謝夫人嚇得幾乎精神崩潰，成日疑神疑鬼的監督院落灑掃和清點帳冊，同時還要跟津哥兒死磨。

果然都是閒出來的毛病兒。顧臨默默的想。這不，婆母一有事幹，馬上安生下來，連那三個時不時鬧點亂子的姨娘都安靜得跟死了一樣，這家就沒這麼平靜過。既然謝太夫人意外的插手，敉平了內憂，外患麼，當然她就能集中精力的徹底剷平。

於是，倒數舉首的謝二爺，因為勞累過度，又「病了」。

這病倒是讓京城的士子與紈褲們有相當大的想像空間，考完閒著也是閒著，塵埃落定，剛好茶餘飯後傳八卦當消遣。版本相當的多，光跟國公府小姐相關的就有七八個不同說法，和謝門顧氏（顧臨）相關的就更多了。

當然也有人說是倒了葡萄架，這說法還越傳越廣，越來越像是唯一的真相。

傳沒兩天，向來沒有什麼耐性的鄭五小姐，忍著摔馬的全身痠痛，長驅直入，如入無人之地的進了謝府，直奔二門之內，卻在浩瀚軒讓顧臨擋下了。

「謝子樱呢?!」鄭五小姐怒目著顧臨，嬌喝問道。

顧臨氣定神閒，「未見投帖，不聞通報，恕妾身難以禮待之。」她轉頭向著甜白，「去問問李大總管，為什麼隨便放人入內宅？這些看門的都不要差事了？知情的說是女扮男裝的姑娘，不知情都以為謝府內宅私會外男，這傳出去毀誰的名聲？」

鄭五小姐很少跟大燕朝女人往來，家裡的從上而下沒人捨得（或者敢）給她一絲委屈。在外她寧可跟一票紈褲子弟稱兄道弟，大燕朝女人不屑她，她還更不屑那些女人呢！

所以她在這種後宅攻防戰裡頭，只是新兵中的超級菜鳥，毫不令人意外的暴跳如雷，「裝什麼裝？妳又不是沒有見過我！」

「替妾身倒夜香的僕婦倒是日日見著，可妾身亦不知其姓氏名字。」顧臨眉頭微挑。

鄭五小姐抓狂了。可惜令她抓狂的對象在人牆之後……甜白領著一票粗壯僕婦皆陳列在前，她卻只有孤身一個。

「誰敢擋我？」她真的要氣瘋了，「我可是鄭國公府五小姐！妳一個無爵窮翰林的破落女居然敢對我無禮?!」

顧臨緩緩的挺直了腰，睥睨的看著鄭五小姐，「鄭小姐，鄭國公世代罔替，官居超品，然也。但大燕朝開國至今，從來無官爵稱『國公府小姐』。顧臨不才，夫君忝居榜末，是為京畿舉子，被愧稱為『舉人娘子』，臨依舊是白身，尚待夫君將來步入仕途，為臨掙個誥命。妳我皆為白身，而妳擅入謝府內宅，著男裝混淆視聽，疑似污我謝家內宅清白……是誰無禮，昭如日月！」

鄭五小姐哪裡吃過這種閒氣，匡噹一聲拔出劍，果然人牆嘩然如流水走避……卻只覺得眼前一花，顧臨不知怎麼就在眼前了，手腕劇痛，劍就換了主人。她揚手想使用女子間流傳最深遠最古老的武術：巴掌連擊，卻被顧臨一擋一帶，莫名其妙的轉了個方向，屁股一痛，就身不由己的遠遠飛了出去……然後坐在地上發愣。

「小心拿著，沉是不沉，割到自己可不好。」顧臨泰然的囑咐，將五小姐的劍遞給甜白，「拿去給李大總管，讓他派人送去鄭國公府。啥也別提，真逼不過了，就說五小姐不小心，差點兒把劍留在誰的身上，萬幸沒鬧出人命。」

鄭五小姐在外走動，自己也練了點拳腳，雖然震驚的發現這個古板無聊的古代女人居然是塊會武的鐵板……但她誰？鄭國公府唯一的嫡小姐！鄭貴妃還是最疼她的姑媽！今天她只是輕敵了，將來要多少護衛就有多少護衛，功夫要多高有多高，能怕這個愚蠢無知的古代女人?!

但這麼灰溜溜的走，她又不甘心，非讓顧臨不好受不可！

「顧臨！」她露出勝利的笑，豔光四射——即使還一個屁股墩的坐在地上——「妳還不知道吧？謝子瓔終究是我的，我就要嫁給他了！妳什麼都不是……」

顧臨一臉忍俊不住，「……大燕律，未休離即再娶妻室，流徙千里三年。我沒有收到休書，二爺也不打算流徙千里。」

鄭五小姐像是生吞了個辣椒。她死磨活磨，連一哭二鬧三上吊都使出來了，卻只能磨到鄭國公勉強去提了個平妻的親。她才提個開頭要迫謝尚書休掉顧臨，鄭國公就破天荒的大發脾氣痛罵了她一頓。

什麼義婦賢婦，什麼聲望大義……都是假道學，人不為己，天誅地滅！

「平妻也是妻！」鄭五小姐忍住屁股痛跳起來大叫。

顧臨笑了出來，旋即掩口，「大燕律，妻妾無嗣，妻有德不出，特例備案官府迎平妻，由正妻室出媒議婚。且不論二爺有子記在我膝下……臨不才，記性倒是好的。我從未替二爺出媒，鄭小姐應該是有什麼誤會……或者昨晚睡得太好？」

鄭五小姐再次撲向顧臨，很可惜這是一級新手與傳說等級金龍框邊精英首領龍王的戰爭。她受的傷沒辦法脫下褲子給人驗，而且看起來不會有正義過剩的污點證人。

所以顧臨輕輕鬆鬆的將她踹出二門，命令關門上鎖。

整個內宅肅然，人人屏息靜氣，連掉根針都聽得見。早知道少奶奶踹人的功夫好，卻不知道這麼出神入化、神鬼莫測、驚天動地……還踹得這麼好看，專踹不好驗傷的地方。

看鄭五小姐一路從浩瀚軒被踹到二門，居然還能跳腳大罵……這才是真功夫，武林高手中的武林高手啊！

謝二少奶奶顧臨的身影，又高大了一個層次，已經從三層樓高到泰山等級了。

鄭五小姐和謝二少奶奶的戰爭正式爆發，上升到全武行的地步，果然讓京城舉考剛過的懶散氣氛立刻為之沸騰。

但詳情卻不清不楚，只有鄭五小姐在謝府門外跳腳罵了幾句，知道有這麼回事，可還沒聽說個明白，鄭五小姐已經讓國公府的馬車急匆匆的接走了。

鄭五小姐鬧著要當謝二爺的平妻……不意外。誰都知道她滿京追著倒數舉首謝子璎謝二爺，從考前追到考後，追得緋聞滿天飛。鄭五小姐還是個文紈褲的魁首，正常，再正常也沒有了。

但大燕朝開國百年來，還沒有哪家小姐剽悍的打上正妻的門首，更沒哪個正妻剽悍得直上一層樓的把國公府小姐打出門去的。

可怎麼打，打得如何，誰也沒能聽說。最少鄭五小姐被趕出謝府時，手腳完全，臉上連塊擦傷也沒有，連髮髻都沒散，也沒衣衫不整，頂多吧，身上多點灰塵。

國公府和謝尚書府的反應也很妙，通通默不作聲。鄭國公和謝尚書相遇還彼此客氣得很。

這些閒極無聊的京城八卦分子，好不容易從謝府僕從嘴裡挖到一點貨兒：鄭五小姐著男裝入內宅，恐引人誤會，帶累女眷名聲。二少奶奶不肯接待，起了點兒摩擦。

畢竟鄭國公府和謝尚書府非親非故，著男裝私闖內宅還是看在她是個姑娘家的份上，不然必定綁送官府，絕不寬貸。

……估理，太估理了！

就是太估理，連最厲害的枕頭風都沒能吹動皇帝，他甚不耐煩的回鄭貴妃，「女人家爭風吃醋這等小事，也值得一提？鄭國公都不提了，更不關謝尚書什麼事！真是……妳那內姪女不是個省心的貨。朕說挨打也是活該！沒事幹跑去人家家裡？還連個人都不帶！蠢到自己討揍挨，連個見證的都沒有……怪誰？」

這個原本可能引發鄭謝兩府摩擦，甚至因此被政敵利用擴大到黨爭層面的衝突，就這樣輕描淡寫的定位在「女子爭風」的層次，沒得提升了。

而這些，幾乎都在顧臨的料想之內，沒出什麼格兒。甚至還得感謝鄭五小姐配合得超乎她意料之外的嬌與蠻，不然還真不能達到這麼豐美的效果。

若不是鄭五小姐拔了劍，還沒能讓鄭國公禁足了。不然讓瓔哥兒日日悶在家裡裝病不敢出門，實在不是回事兒。

瓔二爺那個敬佩啊，真是五體投地，對顧臨狗腿得不得了，什麼黃河長江滾滾滔滔的諂個沒完，把顧臨逗得笑個不停。「……踹了你的美人兒，不心疼？」

終於開竅的瓔二爺毅然決然的說，「除了我親親老婆……我是說親親娘子御姐兒，這世界上沒有其他女人。」

「巧言令色！」顧臨笑罵他。

當然，這只是一時權謀之計，鄭五小姐不可能永遠禁足，瓔哥兒總不能鄭五小姐一自由，就逃回家裝病，顧臨也不耐煩費力氣踹她。

還是得釜底抽薪……

她是大門不出二門不邁的閨閣少婦沒錯，但她有家族有弟妹，還有小叔小姑一大堆手足親戚。

這人際關係網一鋪開，可是股不可小覷的力量。

於是顧臨運籌策帷帳之中，決勝於千里之外。天下之大，又不是只有京城一地。勛貴高門，也不是只有謝二爺一個。

鄭五小姐兩個月的禁足期還沒過，已經得了一門「好親事」。

鎮守南疆的昌王爺新鰥，為王妃服喪初初剛過，回京朝謁。「因緣際會」之下，聽聞了這位「奇女子」，好奇的造訪鄭國公府，果然是個絕色中的絕色，又復剛烈脾氣，很合他的胃口。

這位昌王爺，乃是寧帝的小皇叔，刀馬弓箭的鎮守南疆數十載，南蠻畏之如虎，稱為「昌閻王」。年紀也不算大，將將四十而已。世子也冊立久矣，已然成年，許多戰事漸漸交給世子處理，也閒了不少。

他這人戰事上雖英勇殘暴，私底下還是直爽的武人脾氣，人很不錯，是個講理的，很受部屬軍民愛戴。也沒什麼不良嗜好，最喜歡的也不過是馴烈馬，常讓世子和部屬捏把汗。

女色上不甚留意，畢竟人家眼光高，非絕色不屑。

過世的王妃就是個絕色美人兒，還是舞孃出身，他都不在意的愛了幾十年，痛失愛妃還很傷心了一陣子。

這位鄭五小姐的破名聲嘛……在他看來完全不是問題。現在他世子立了，地位穩了，又不怕她生個男孩兒就想些有的沒的。個性剛強？那不更好？絕色和馴烈馬二合一，雙重願望一次滿足，打哪找這麼耐操的絕色？

加上幾個小朋友「推波助瀾」，他很豪邁果斷的向鄭國公提親，還請寧帝保媒。

鄭國公喜出望外，真是天上砸餡餅，想都想不到的好事啊！女兒過門就是王妃了，超品皇親啊！

立馬就答應下來，整個鄭國公府陷入普天同慶、薄海騰歡的氣氛中。

至於鄭五小姐的晴天霹靂和一哭二鬧三上吊，被全體無視了。

最後鄭五小姐終於三十六計使遍的溜出國公府，直奔謝府指名要顧臨那惡婦出來面對。

顧臨倒沒有避而不見，只是照程序延請在外堂花廳，氣定神閒的看著暴跳如雷的鄭五小姐。

「一定是妳搞的鬼對不對？太惡毒了！居然把我嫁給一個老頭兒？他都可以當我爹了！」鄭五小姐怒吼。

顧臨沒有說對，也沒有說不對。只是微微笑著，「人不犯我，我不犯人。人若犯我……」她眼中寒光一閃，「雖遠必誅。」

鄭五小姐徹底失去理智，尖叫著抓向顧臨的臉皮……然後不好驗傷的小腹不輕不重的挨了一腳，力道剛好讓她痛得蜷成一團，又連瘀青都沒有。

顧臨淡淡的，「病倒在我家怎麼好？來人，送鄭小姐回府。」就把她打包送走了。

她想，大約她永遠也不會再見到這位極品的鄭五小姐。畢竟南疆離京城非常遠，昌王爺又治下甚嚴。

顧臨平靜的把來龍去脈全告訴了瓔哥兒，他張著嘴，幾乎可以塞進一個拳頭。

「後悔了？」顧臨戳戳他，「這才是我的真面目，毒婦一個。」

瓔哥兒瞬間清醒，佩服得五體投地，「不不不，御姐兒……妳真是太聰明厲害了……」這厚黑後宅學博大精深，御姐兒起碼是個雙博士啊！原來認真施展開來是這樣的強大、無懈可擊。

「那之前對謝子瓔……我是說，還沒瘋傻之前，妳為什麼……」混得那麼慘？

顧臨緩緩睜圓了眼睛，這傻傻的瓔哥兒。「之前的二爺……」百感交集，只能化成一嘆，「不值得我當毒婦。」

開竅得不太完全的瓔二爺還想了半天才恍然大悟。所以說，現在，她覺得值得？他和前身的謝子瓔……被認可的是他，不是那個黑心貨。

這才是真正的出運了！

不過不要期待大法師預備役會說出什麼感人肺腑的甜言蜜語，就算讀了兩年書，都考上舉人了（雖然依舊死守倒數第一），他還是只懂得身體力行。

於是，他撲倒了顧臨，終於從「禽獸不如」昇華成真正的「禽獸」。

御姐兒果然好吃啊！有點兒腹黑屬性更添一味，值得一吃再吃，一吃再吃。吃上一輩子也不會膩……

咱們的瓔哥兒終於得償夙願從大法師預備役轉職成禽獸，如狼似虎。從此額頭上心甘情願的蓋上一個「御姐命」的印章，只是遺憾御姐兒太以夫為天，沒給他當妻奴的機會。

在鄭國公府熱火朝天的辦喜事時，謝尚書府也大開中門，迎接謝太老爺和太夫人，說來也算是喜事一樁。

謝尚書特特的請假在家恭迎多年不見的雙親和四兒，寧帝非常豪爽的准假，還要謝尚書代為問候謝老太傅……皇帝歸皇帝，尊師重道總要的。他不好出宮去見，顧慮到老太傅年紀這麼大了又旅途勞頓，總不能立馬叫進宮來，讓憨厚老實的師兄代為迎接問候，也是情理之內。

氣氛雖然肅穆，卻也感人。都很講究禮法的謝尚書父子這麼多年不見，即使勉強壓抑，還是都紅了眼眶，反而謝太夫人比較鎮靜，溫和的叫起，入內一一廝見。讓他們父子兄弟書房說話去，只留下一干女眷陪著她。

若論外表氣度，真看不出來會是讓謝夫人聞聲崩潰的人物。

謝太夫人衣著得體不奢華，首飾精簡卻恰到好處，雍容而和藹。只是往上一坐，威嚴與貴氣隱隱煥發，讓人不因她的溫和有絲毫小覷。

第一次見到謝太夫人的顧臨放下一半的心來。太夫人的氣質頗類祖母，是識大體講規矩的人物。這樣的人很容易相處——依足禮法，佔盡規矩就可以了。

所以顧臨輕鬆的見禮，太夫人溫煦以對，倒是謝夫人顫顫的捧了茶來，讓太夫人微微皺眉，眼神冷冽起來。

她又不是鄉下土財主的無知婦人，顯擺那種婆母威風？家裡那麼多奴婢是幹什麼的，輪得到堂堂謝尚書夫人端茶？這麼多年了，這個媳婦兒越發不長進。

早被婆母調教得心靈有深刻傷痕的謝夫人吃了這一眼，差點嚇掉了茶碗。在一旁侍立的蓉姨娘一反柔弱的眼疾手快，接住了茶碗，溫順恭敬的奉與謝太夫人。

謝太夫人不認識蓉姨娘，以為是謝夫人的管家娘子之類，臉色緩和了些，接過了茶。蓉姨娘打蛇隨棍上，「孫媳蓉兒見過太夫人。」

謝夫人變色了，卻不敢阻止蓉蓉，只能拚命使眼色，心底大急。她這婆母最重禮法，她讓蓉蓉侍立是給她壯膽，不是給她添麻煩的。

太夫人畢竟離京已久，連二爺成親都沒來，何況納姨娘？大家都知道太夫人是個厲害角色，但厲害到什麼程度，除了謝夫人，也沒人知道。

蓉姨娘已經有些沉不住氣了。婆婆路線和津哥兒路線她早就走通透了，但正主兒二爺還是瞧都不瞧她一眼，把她晾到這個程度。這著雖險，但若能討太婆婆的歡心，得了句話，二爺不至於再這樣將她晾下去。

「哦?」太夫人淡淡的,「哪個蓉兒?」

蓉姨娘趕緊抓緊機會自報家門,言語間奉承諂媚了一番,卻沒看到謝夫人越來越蒼白,幾乎褪光血色的臉龐。

太夫人似笑非笑的看了蓉姨娘一眼,鬆手讓茶碗落地,匡噹一聲跌在青石磚上,砸個粉碎。「老二孫媳,換碗茶來。」

顧臨恭敬的應下,對著跟在身邊的甜白低語,甜白立刻去沏了碗茶,半揖著奉上。

「妳又是哪個?」太夫人更淡的問。

「秉太夫人,奴婢是二少奶奶身邊二等丫鬟甜白。」甜白依舊半揖。

太夫人的神情和緩下來,接過了茶,示意甜白起身,慢騰騰的品,「老二孫媳,我看妳也是個懂規矩的,為什麼讓上不得檯面的老二姨娘僭稱妻媳,在長輩面前如此失禮?」

「是孫媳內宅管教不嚴,衝撞了太夫人。」顧臨更恭敬,「請太夫人責罰。」

唷,意外了。太夫人表面不動聲色,心底倒是覺得有趣起來。她在千山萬水外的蘇州就聽聞了這個二孫媳的「義婦」之名，但安在京城探消息的老家人也說這顧氏是個不簡單的。上京途中，甚至還聽說了她與國公府小姐鬧出爭風互毆的風波。

她不喜孫氏（謝夫人）並不是新聞，孫氏厭惡顧氏，想盡辦法要休掉她，也是眾所皆知的。這蓉姨娘會在這兒，一定是她那不省心的糊塗媳婦兒孫氏帶著娘家人壯膽，原本以為顧臨會趁機告狀，沒想到她一肩擔下。

好丫頭。是個知進退，懂輕重的。

「老大去得早，老二是嫡長，妳是嫡長孫媳。」太夫人淡然說，「這家早該妳來管著。進門這麼久，還讓妳婆母勞苦於家事，不問內外，的確該責罰。十日後由妳來理事，讓妳婆母休息休息，也整出點規矩，省得連個姨娘都管不住。幸好是自家人，在外人面前不知道該鬧出多大笑話來。」

什麼？謝夫人像是當頭劈了個九重天雷。婆母進門不到半個時辰，就剝奪了她管家大權？

「不，婆母，這太……」她急得霍然站起。

「嗯？」太夫人冷冰冰的眼珠子盯在謝夫人身上，她就像是被蛇盯上的青蛙，全身都僵了。天不怕地不怕，連老爺都敢推出門鎖了的謝夫人，唯獨害怕太夫人冰冷的眼神。

錯上一絲半點，太夫人就會淡淡的挑剌兒，卻讓人多難受就有多難受。她撒過潑砸過傢伙，太夫人根本不跟她計較，直接差人把她的行李打包好，硬把她架回娘家。娘家人來鬧，太夫人早就把嫁妝單子準備好，和藹的問要不要清點，少了什麼謝府一定補上，雖然不敬婆母，既然當過親家，說休書傷和氣，大家好聚好散。

態度一直那麼和煦，卻冰冷毫不留情，在她面前就憑空矮一截。這時候，她才發現為什麼討厭顧臨，而且是越來越討厭。除了種種理由，現在才發現，太夫人和顧臨都是那種假面仙兒，肚子裡滿是壞水。

「媳婦兒，有何不妥麼？」謝太夫人閒閒的問。

「……沒、沒有。」謝夫人顫巍巍的低下頭，「但憑婆母作主。」

謝太夫人起身要去歇息，卻點了顧臨陪伴。她一早就來信不要兒子媳婦挪房子，就點了消寒院。那裡是全謝府最暖的院子，安了地龍火炕，種滿梅樹，原是為了冬季賞梅所用。

她向來討厭京城的冬天，但為了心愛的孫子，和可能被帶歪的曾孫，只好拚著這把老骨頭來坐鎮一番了。

饒有興味的看著低眉順眼的顧臨。她長媳婦兒最大的絕活就是把孩子養歪，老二就是生生毀在她手底，等她知情的時候已經鞭長莫及，無力回天了。幸好珞哥兒爭氣，不然謝家就要敗在這長兒媳和二孫子手底了。

每次老家人傳回瓔哥兒的現況，她都想跳過去不看，白生氣又管不到那麼遠。瓔哥兒差點被打死，瘋傻了，這個被生生冷落無視五、六年的孫媳婦兒不趁機逃出生天，反而留下來，硬把個瘋傻浪蕩子拗回正途，名次再難看，也是一試中舉。

才兩年的時光。

這不是個簡單的女人。

「國公府小姐不是鬧著要進府當瓔哥兒平妻？」太夫人似笑非笑。

「秉太夫人，與禮法不合，有違律制。」顧臨垂著眼簾回答。

「哦？」太夫人的笑意深了些，「怎麼跟妳打了一架，就有門『好親事』等她，就快成了堂堂昌王妃了？」

顧臨遲疑了一下，還是抬頭坦然看著太夫人，「來而不往，非禮也。」

好個來而不往，非禮也！太夫人幾乎拍案大笑。沒臉沒皮、枉顧禮法閨制的上門搶丈夫，不給她個「好的」，愧為謝門嫡長媳！

一味愚賢怎麼撐得起長房的門戶？

「既然罰了妳，妳可別掌不起。」太夫人帶著深深笑意說。

「孫媳領罰，謝太夫人賞。」顧臨也跟著笑起來。

謝夫人的心情非常惡劣。那死老太婆來不到半個時辰就解除了她的管家大權……這是她的家！不是蘇州謝府！憑什麼？她憑什麼?!

除了把蓉蓉罵哭泣奔，她竟只能憋屈著。老爺只顧著跟公爹講話，霸著她的兒子……珞哥兒是她親生的！到現在還沒來跟她單獨請安，說兩句貼心話……連瞧都還沒瞧仔細呢！給不給人活了？還有人記得誰是珞哥兒的生母，這府誰才是主母？

居然把她給撇了，把這家給了同樣是假面仙兒的不肖媳婦兒！

好不容易等到謝尚書回房更衣，她哭訴婆母和兒媳種種不是。謝尚書不理她，她就搥胸頓足的哭喊起早夭的玉哥兒。

以前這是最後殺著，不到最緊要關頭不輕易動用的。她用得都很關鍵謹慎，畢竟是第一個孩子，謝尚書特別疼，也特別慟。每次祭起這個大殺器，謝尚書總是默然，然後讓步。

但這次卻失效了。

謝尚書看看在一旁裝乖的津哥兒，感慨萬千。這小子越大越像老二……瘋傻前的老二。瓔哥兒在他面前，總是特別循規蹈矩、乖巧聽話。當時事業心重的他就因此疏於關注。等在外闖禍了，他才驚覺，但已經大到扭不回來了。

玉哥兒……在他面前也都規規矩矩的，不到三歲的津哥兒何嘗不是？現在他開始會留心家事，發現了很多他不想發現的細微。

若他的長子還活著……沒有當頭棒喝，更不會有顧氏這樣的好兒媳……他都不敢往下想了。

「妳不老說腰痠背痛的？」謝尚書淡淡的，「都是累的。娘說得也對，早該讓媳婦兒管家了，不然娶媳婦兒幹嘛？合情合理的，怎麼駁她老人家？娘關心妳還關心錯了?多歇歇吧,現成的福分多享享,少想些有的沒的。」說完就出去了。

謝夫人微張著嘴,氣愣了,眼睜睜看著謝尚書走得沒影,委屈的跳腳大罵大哭,把顧臨和太夫人徹底的詆毀了一頓,才沒把自己氣死。卻一直沒有注意到津哥兒在一旁邊吃著果子邊津津有味的聽。

這個年紀的孩子又番又喜歡語氣生動激烈的話語,對什麼都很感興趣。這點大的孩子,就聰明狡猾乖覺,很警醒的知道這個家真正的老大是祖父,所以他在祖父面前都乖得很。可祖母寵到讓他覺得煩膩了,態度過度兩極化,但又捨不得打罵,所以他也就很唱秋、很任性。

可是他畢竟還是個不到三歲的孩子,還沒有那麼強的邏輯理解這個家真正的老大是誰。

所以他對和藹可親的曾祖母沒有絲毫敬畏和警戒。以前他學著祖母的語氣罵丫頭嬤嬤,常常逗樂祖母和姨娘們,所以第二天他見到曾祖母,就興沖沖的實習這個對他來說很新鮮的辭彙兒,笑得一臉無邪的對著曾祖母喊,「賊虔婆!」轉頭得意洋洋的看著謝夫人,等著她的笑和誇獎。

謝夫人面白如紙，差點昏倒了。

太夫人倒是很鎮靜，她連眼皮都懶得抬，淡淡的，「孫媳婦兒，妳孩子是怎麼教的？」

「是孫媳疏於管教。」顧臨恭敬的說。

「還不領了去？」太夫人依舊淡然，「教家裡小少爺這種粗口，他身邊的嬤嬤奶娘和丫頭都要不得了，另外選好的。」

她嘆了口氣，「珞哥兒到蘇州的時候，比這還糟糕得多，花了好些力氣才扭正了。那年他才五歲呢！趁年紀還小，自格兒帶。年輕人不要疏懶，樣樣交給下人去。別想著隔肚皮……莫忘了他也是謝家子孫，現在還是長房唯一的重孫輩呢！」

顧臨唯唯稱是，平靜的抱起又扭又叫的津哥兒。

「婆母！」謝夫人啪噠一聲跪下來，聲淚俱下，「津哥兒是我唯一的親孫孫，是我的命啊！妳讓那毒婦帶走了我的親孫孫……是想看長房從此斷子絕孫不成?!」

這兒媳，都當祖母的人了，還喜歡這套唱大戲。從十五、六唱到現在，始終如一。但當著孫媳的面前教訓兒媳，她沒擺這種威風的興趣。

畢竟她是個顧體面的人。顧自己體面，也顧別人體面。不管兒媳多不如意、多不喜歡，她還是很有原則的。

讓男人決定婚事本身就是個悲劇。當初她強烈反對，但丈夫只會想著什麼兩家之誼，同窗同朝，門當戶對，覺得小女孩兒在家嬌慣點不算什麼，嫁了人就會好了。

我呸。嫁人可以治百病？最少她就沒見過能治嬌慣兼唱大戲的毛病兒。他們孫謝兩家不是有親，是有仇吧？要不怎麼把養得這麼糊塗驕縱的女兒嫁到他們家來？

可惜老大太有出息，也太講禮法。她幾個兒媳都有這樣那樣的毛病兒，到底都能教得過來。就這個極品長媳，跟著兒子外放，只在她身邊調教兩年。出去海闊天空，就沒個孩子沒養歪，珞哥兒剛到蘇州那會兒，五歲大的孩子就把她累個不輕。

斷子絕孫？妳都禍延子孫了還跟人談什麼斷子絕孫？

太夫人心底大大的腹誹，卻只在電光火石之間，揮揮手讓顧臨帶著津哥兒退下，示意身邊的嬤嬤攔住要撲上去的謝夫人。

關起門來慢慢講理吧。太夫人暗嘆。她真討厭當個惡婆婆。但有的時候，惡婆婆也是被極品媳婦兒逼出來的。

顧臨抱著又扭又罵的津哥兒往浩瀚軒。這個年紀正是最番卻也開始懂事的時候，現在已經能明白他的嫡母是個會害死他的「毒婦」，所以他又喊又掙扎，罵的話也越來越不堪入耳，張口閉口的自稱都是「小爺我」，「毒婦妳不得好死」。

但他那個「毒婦」嫡母表情平靜，沒抱疼他卻也沒讓他掙開來，直接抱到浩瀚軒的正房，吩咐甜白帶人去收拾津哥兒的房子，揀選奶娘嬤嬤，只留下她和津哥兒獨處。

甜白皺了一路的眉，就是小廝也沒這麼髒的嘴。但她又有點擔心，這隔肚皮的記名兒實在是個麻煩事，輕不得、重不得，她開始替少奶奶擔憂了……可少奶奶卻把她們都支開，讓她好生著急。

但她還是忠實的執行了奶奶的所有命令，收拾好房子，也挑出暫時最合適的人選，等安頓好了，已經花了半個下午的時間。

她有些焦慮的帶著奶娘嬤嬤回來覆命，還沒進門，就覺得寂靜得太不尋常。仔細聽，只有壓抑得很輕很輕的嗚咽。

難道少奶奶打了津哥兒？那可就糟糕了……

顫顫的，甜白在外叩門輕喊，「奶奶？奴婢選了一個奶娘和四個嬤嬤，您要不要過過眼？」

「進來吧。」顧臨的聲音還是平靜無波，「不信誰還能不信妳？剛好津哥兒要梳洗，帶著去吧。」

帶著奶娘嬤嬤進來，剛剛還很囂張、很番顛的津哥兒，哭得一抽一抽，聲音壓得低低的，滿面淚痕，還尿了褲子。

甜白的焦慮更上了一層樓，藉口監看，跟著奶娘嬤嬤去幫津哥兒換洗，發現連塊皮都沒擦破，心底才略略鬆了些。最少不能給人說嘴的機會不是？

顧臨看她一臉如釋重負的進來，不禁笑了，「放心了？」

甜白紅了臉，忸怩的絞著衣角，「也、也是怕奶奶讓人說……」

「我知道。」顧臨笑得深些，「所以呢，明兒個妳悄悄兒叫個泥水匠來，別聲張。」

……泥水匠？

顧臨笑笑的搬開一張沉重的檀木椅，牆上赫然出現一個破了牆皮還砸穿半塊磚的拳印。

……奶奶是對津哥兒做了什麼呀?!

雖然甜白很震驚、很慌張，還是脆生生的應下來，當天就特特的去找個啞巴泥水匠來把牆糊平。

她不敢問，奶奶也沒提。之後津哥兒要多乖有多乖，一時忘情故態復萌，只要顧臨抬眼看他，立刻認錯，只差沒跪地求饒……因為嫡母不准他隨便塌了脊樑骨。

到津哥兒很大很大了，還忘不了嫡母那一拳之威。可以說他對嫡母所有的印象都從那一拳開始正式建立。

年幼無知的他又叫又罵，口出各式各樣的不遜，顧臨還靜靜的看著他。等他罵得口渴了，喘口氣，顧臨才對他笑笑，「你說我是毒婦？」

「就是！但妳不能對我怎麼樣！祖母和祖父不會饒妳，爹也不會放過妳的！我是謝家唯一的……」他複習著在祖母那兒聽到的點點滴滴。

顧臨站起來，把他旁邊的檀木椅舉重若輕的搬到一旁，「毒婦？」磅的一聲，顧臨一拳砸破了牆皮，震碎了半塊磚，粉末簌簌而下。她揚了揚戴在手指上的鐵連環（手指虎），渾身爆出殺氣，「我若是毒婦，這拳應該砸在你這目無尊長的小子身上，懂不？」

津哥兒立刻尿了褲子，連嗚咽都不敢大聲。因為嫡母戴著閃亮亮的鐵連環，先把檀木椅搬回去，再給他和自己倒了杯茶，慢騰騰的喝。

「我還是毒婦嗎？」顧臨恢復了和藹可親。

津哥兒拚命搖頭。

「那你是不是還欠我一個道歉？」

「對、對不住！」他幾乎號啕大哭。

「好吧，過去一筆勾消，我暫且原諒你……我相信你不會再犯了，對吧？」顧臨溫柔的笑笑。

津哥兒拚命點頭。

但是他已經聽得懂什麼叫「暫且」，所以完全的嚇破膽。不過這徹底阻止了他走歪的腳步。他在年紀非常小的時候就體會到了「人外有人，天外有天」，謝家唯一的孫少爺再了不起、再希罕，還是抵不過這種被輾壓般的威懾。

一生都對嫡母又敬又畏，又愛又怕。雖然嫡母一直都很溫柔和氣，視如己出。畢竟第一印象總是最深刻的，那一拳之威讓他日後甚至有些怕女人。

就在顧臨對津哥兒實行「再教育」的時候，太夫人卻發現自己年紀大了，從事教育工作開始力不從心了。

當個不講理的人真好。她默默看著抱著她的腿哭得很淒慘的謝夫人。可以的話，她也想這麼歪纏兼不講理，最好可以一腳踹開，不忍休她也讓兒媳去家廟安靜一陣子……

可惜，她幹不了這種不講理的事。作為一個妻室和母親、甚至太夫人，她都異常講究的合情合理。她相信無規矩不成方圓，也這樣教孩子、教兒媳。她的長子教得特別仔細，最驕傲的不是謝尚書成為禮部之長、皇帝信臣，而是她的長兒謹守禮法，卻知機變，處事融通圓滑。

但把他教得太守禮法，說不定並不完全是正確的。

雖然君子坦蕩蕩，但小人常戚戚啊混蛋！

認真的話可以調教，但是她提不起勁調教這個熱愛唱大戲的兒媳啊！

就在她淡然的臉皮快繃不住的時候，嬷嬷進來通報，四爺來了。

太夫人抬眼看親手養大的孫子珞哥兒，知道他恐怕來了一會兒。珞哥兒安慰的對祖母眨眨眼，太夫人鬆了口氣，她真的年紀大了，折騰不起了。

「你們娘兒倆那麼多年不見，也說說話兒吧。」太夫人起身，「我先歇歇去。」

謝夫人精神為之一振。總算……總算這個家有個人會站在她這邊了！她親生的兒子！好不容易按捺著等太夫人離去，強忍激動上座讓珞哥兒拜了三拜，真正享受到身為生母的榮耀……這是我兒子！還是中了舉有出息的兒子！

但珞哥兒抬起頭來直視她的時候，差點把謝夫人嚇得跳起來。

琪哥兒……？誰讓你回來的?!不是讓你死在外面嗎?!

「母親。」珞哥兒恭恭敬敬的說。神情卻是淡漠疏離的。

謝夫人勉強嚥下一口口水，「珞、珞哥兒？」

「是。」珞哥兒笑了笑，卻跟琪哥兒那麼神似，「母親不認得我了？也是。離家近十載，相貌大改，家裡人都不大認得了。」

太、太像了。和她厭惡痛恨的琪哥兒……不管是容貌還是氣質都……太像了。

這讓她緊張起來。當初玉哥兒夭折，瓔哥兒才四歲，唯一的競爭對手就是剛滿兩歲的琪哥兒。好不容易把琪哥兒的親生姨娘弄走，她異常嚴厲的用言行教訓這個庶子，讓他明白嫡庶有別，少痴心妄想……

可以的話，最好早早夭折。那麼寶貝的玉哥兒都沒能長大，憑什麼這個小雜種可以平安？為什麼病死的是我的玉哥兒，不是那個可能跟我兒子爭的小雜種？

她也明白，那個陰冷深沉的孩子恨她，非常恨她，只是裝得很深而已。

坦白說，她知道自己做得太過火了。那個孩子一天天的長大，一步步考上功名，看她的眼神越來越森冷、厭惡。她並不是不害怕的。

但她可是謝家主母！誰能挑戰她？誰可以挑戰她？她不承認自己害怕，變本加厲的讓庶子知道她的厲害，直到把他逼走，才暗暗的鬆了口氣。

可她怎麼想也沒想到，盼星星盼月亮盼回來的小兒子，會那麼像琪哥兒，像得她巴不得叫他滾出去。

「聽說……我很像三哥？」珞哥兒微偏著頭笑笑問道。

「住口！我兒子怎麼會像那個小雜種?!」謝夫人又懼又怒的吼。

珞哥兒默然，巧妙的轉了話題，問候母親，說自己的近況，代叔母和堂兄弟姊妹問好，禮貌得非常社交性，卻無懈可擊。

漸漸的，謝夫人放鬆下來，開始對小兒子淌眼抹淚，訴說有多麼想他，這些年的痛苦和煩惱，太夫人待她有多不公平，他二嫂是個怎樣的毒婦，現在還奪走了她第一個親孫子等等等等。

珞哥兒一直沉默的聽，有時點頭，有時安慰，等他母親說了個高興，露出疲態才禮貌的告退。

謝夫人的確覺得很倦。今天她花了太多力氣哭嚷，被奪走親孫孫的痛苦和太神似琪哥兒的小兒子帶來的驚嚇……她真的很想躺一躺。

步出堂屋，珞哥兒吐出一口鬱結已久的氣。結果……還是沒問他一直最想問的那句話。或許不問比較好，不要知道比較好。

甚至，他不要回來……比較好。

聽說，他和三哥長相都極肖父，而他們這些兄弟姊妹，都很早慧。他對三哥沒什麼印象了，不知道。但他一直牢牢記著母親的長相，這麼多年都沒有磨滅。

他到蘇州的時候，才五歲。從被寵溺的小兒子受到種種束縛和教訓，非常不習慣。日日夜夜思念著母親，哭鬧不已。

結果他的祖母說，「既然你真的待不下去，那就親筆寫信給你娘，只要你娘親自來接你，你就可以回去。」

說不定他是被哄了，說不定。他被祖母哄著乖乖跟著祖父開蒙讀書識字，就為了要學會怎麼寫信給娘。漸漸的被潛移默化，漸漸的知曉隨意打罵奴僕是不對的，漸漸的知道是與非。

但他還是想娘，非常想。他學會百來多個大字，就試圖寫信回家，祖母沒有阻止他，許多生字還是她手把手教的。

盼啊盼的，盼到的只是娘的信，她卻沒有來。

一開始，他還相信是娘走不開，路途遙遠，家務煩冗，娘在信裡說多想他多愛他流了多少淚，他都相信了。

但是他年紀漸長，爹的姨娘一個個的回來侍奉祖母，他的娘親卻還是沒有蹤影。

他不明白。尤其有回偷聽到兩個姨娘相對暗泣，互相安慰，「為了孩子，夫人說什麼是什麼……大姑娘要嫁得好些，三爺的功名得請先生。這些都是夫人說了算……不管怎麼樣，為了孩子……」

為了大姊和三哥，兩個姨娘回來蘇州。但為什麼他的娘，不為了他來？

他想不通，跑去問祖母。或許祖母講規矩很煩，但祖母從來不說謊，說一不二。

「你娘怕我，怕來了就走不了。」祖母淡淡的。

已經懂了很多規矩的珞哥兒迷惑了，「我娘是嫡長媳，不是應該侍奉祖母嗎?」

祖母只是笑了笑,並沒有多說什麼。

他一年一年的大了,看著千篇一律的信,越來越沉默。後來他不再寫信給娘,娘也好像徹底忘記他,再沒有信了。

其實祖父母都很疼他,叔母們待他不錯,和堂兄弟姊妹感情也很好。禮法規矩,內化了就覺得沒有什麼束縛……祖母說得對,無規矩不成方圓。人人都願意守規矩,稍稍束縛一些,才能讓自己和別人都有真正的自在。

沒有禮法規矩……就會成了他那名聲遠播到蘇州的二哥。

他都明白。

但他真的真的只是很想問問娘,問她一聲,「娘,為什麼妳不來接我?」

祖母那麼有原則的人不會強留她的,只要她願來,他就可以回到她身邊……為什麼不來?

因為害怕祖母?因為兒子不只他一個?害怕這麼一來一回讓人趁虛而入,失了爹的心?還是戀著京城的繁華和主母的尊榮?

或者以上皆是？也可能都不是。

他希望都不是。

所以他很努力、很用功。他想證明自己的價值。二哥名聲越狼藉，他的志氣就越高遠。除了回報祖父母深恩這個表面的理由……其實還有一個更深、連他自己都不願意承認的緣故。

娘，我也是妳的兒子。我比二哥強，強很多很多。我知書達禮，懂是非，比二哥強很多很多。

娘妳……來接我……不，妳來看看我就好了。蘇州和京城雖遠，也就兩個月路程。娘，我十二歲就考上童生，中了秀才。妳不來看看我嗎？爹是國之重臣走不開，但家裡都娶了嫂子了，妳不會走不開吧？

他的娘還是沒有來。

後來，他聽說，二哥瘋傻了。叔母竊竊私語時被他聽到，「……只顧著姨娘肚子裡那塊肉，看都沒去看自己兒子一眼……這女人的心啥做的？她只想著『長房有嗣』最重要，怕什麼？難道怕咱們幾房搶了他們大房的嫡？」

「噓……背後編派妯娌不是，還是長嫂，讓婆母聽到可不得了！」

「我就不忿！咱家難道沒有她的珞哥兒？這麼有出息的兒子捨不得來看一眼！妳瞧瞧幾年了……我呀，我的兒女都是我的寶貝……」他什麼都不想了。不願再想。只想當面問她那一句，就一句。

妳到底為什麼不來？

他只想知道這個而已。祖父母年紀都這麼大了，辛辛苦苦教養他，惹得堂兄弟姊妹吃醋，老被打趣。為了他，千山萬水的陪著回京。

妳到底為什麼，不來？

終於回京，到家才幾天……他就後悔了。應該永遠不要回來，讓這個疑惑永遠埋在心裡就好。

不回來，娘在他心裡永遠是那麼溫柔慈愛的美麗。不用強迫自己面對令人氣餒的事實。

不應該回來。

「三哥！」一聲陌生的叫聲喚醒他，他深吸一口氣轉身。

「我是白痴。」琯哥兒咕噥著敲自己的頭，規規矩矩的一揖，「對不住，實在太像了，我老喊錯。見過四哥。」

「五弟。」他也回了個半禮，淡淡的。

「二哥找咱們過去。」這個跳脫有點憊懶氣的庶弟笑著，「人多計長，咱們商量一下怎麼攻略那隻老狐狸……不不不，我是說，怎麼讓蕭山長願意見一見你。」

「攻略？」珞哥兒迷惘了一下，悚然以驚。「你們……二哥和五弟，要為我引見青雲山長？」

為什麼？這麼寶貴的人脈，為什麼這麼輕易的為他開通？

「當然。」琯哥兒笑得一臉燦爛，「肥水不落外人田啊！雖然會哭笑不得的脫很多層皮……將來不要恨我們喔。打虎親兄弟嘛……受折騰也是有難同當。」

兄弟。

「雖然才相見沒幾天……」琯哥兒搔頭，「但都是謝家子孫，爹的兒子呀。二哥說的，『團結就是力量』！」

撓了撓臉龐，琯哥兒有些臉紅，「呃，四哥，你一定感覺很怪吼。其實啊，二哥瘋傻剛好那陣子，我感覺也很怪，怪透了。差點一腳把我踹死的二爺，被一棒打開了竅，突然變成了『二哥』，莫名其妙有了個兄弟，超奇怪。但、但是，很快你會覺得有兄弟滿不錯的！」

珞哥兒沒有說話，面無表情的盯著他。讓琯哥兒心底直打鼓。要不是年紀不對，真超像他那冰棍兒似的三哥……他也不想這麼腆顏的自來熟啊！要不是二哥罵著，他才不好意思。

「你們倆才差一歲，年輕人沒代溝。」二哥翻箱倒櫃的翻著蕭山長以前派給他們的舊功課，「團結就是力量！當兄弟是緣分中的緣分！他若樂意，咱們三並肩子上。他不樂意，咱們就客客氣氣。只是這走門路的事情早一天算一天，讓那老瘋子只折騰咱倆多虧？兄弟幹嘛的？有難同當用的！更何況他比我們聰明，唸書比咱倆加起來強！」就把他踢出來了。

珞哥兒終於開口，「……二哥說的嗎？」

「嗯。他現在在找以前山長派給我們的舊功課，給你參考用……哦，你不要誤會喔！」琯哥兒雙手亂搖，「二哥被打開了竅，不是以前的混蛋了！他只是把前塵都忘光了……但我說忘光了也好，從說話學起也值！雖然有點囉唆愛欺負人……有時候比爹還像爹，還是那種嘮叨囉唆的老爹……」

頓了一下，琯哥兒臉更紅了，「呃，可、可是很值得信賴的哥哥。那個，四哥，這個不要跟二哥講喔！羞死人……哦還有，二嫂更是個好人！呃，還有……」

他別開眼睛，「四哥，歡迎……回家。」

兄弟。歡迎回家。

「……堂哥常說我是死人臉，老板著。」珞哥兒摸了摸自己的臉，「二哥在哪等我們？」

「爹的小書房！現在我大了，不能一直往哥哥的院子跑……爹就把小書房讓出來，咱們三個人儘夠用的……」

有人歡迎我回家。珞哥兒想。真的？

他默默的跟著引路的琯哥兒，小書房在望。

「琯哥兒，磨磨蹭蹭啥啊?!」讓珞哥兒感覺很複雜的二哥探頭出來罵道，「小珞來來來，哥哥給你講講考試的訣竅……應付那個老瘋……我是說山長大人滿有用的……」

「好的不教盡教歪的。」琯哥兒抱怨，「二哥，山長說了，都是你帶壞我。好不好正經點，別教四哥這些旁門左道？」

「沒這旁門左道你就考到鬍子白了還考不上童生吧！小珞快來！」

「給四哥先喝口茶行不行？哪有這樣趕鴨子上架的……」

「我說一句你頂一句！我是哥哥還是你是哥哥?!……」

珞哥兒看著他們鬥嘴，聽著聽著，他笑了起來，眼眶卻紅了。

說不定，我真的回家了……真的回到家。

蕭山長收了珞哥兒。

「翰林。有機會入閣拜相。」仙風道骨的蕭山長眼皮都不抬，無視珞哥兒的緊張，「不過你跟你哥兒們多學學，別太認真，成了酸腐……但不要學他們盡走旁門左道。兩個奸滑的東西！心眼賊多，全不走正途！」蕭山長瞥了他一眼，「讓我逮到你幫這兩個壞胚子抓刀作弊……連坐！」

「欸？」瓔哥兒抗議了，「山長大人，這個作弊不可能，但是抓刀的定義還是得確定一下吧？所謂教學相長，所謂相互切磋……」

瓔哥兒用臉迎接了禮記。蕭山長拂袖，「別以為我不知道你心底打什麼鬼主意！又懶得背書是吧？找個好弟弟幫著查典故背重點是吧？謝子琯，不要以為你在我背後偷笑就看不到了……你也想學你那沒出息的哥哥靠孔孟兩本打天下？美得你！回去把禮記抄三遍，十天後交！謝子瓔你不用笑，你們倆該抄的一樣多！」

……跟、跟傳說中的三元及第郎、天下第一才子的形象……實在差太多了。

「習慣就好。」琯哥兒安慰他，「其實呢，山長頂多扔策論到臉上，只有二哥才有那個本事讓山長扔四書五經……」

「……琯哥兒，你又想讓腦袋開開竅？」瓔哥兒惡聲，「十八般武器任君選擇，你挑！」

和珞哥兒一起長大的堂兄弟雖然會互相調侃，但家風嚴謹，全都是書香門第的斯文書生。幾時見過如此剽悍捲袖子霍拳頭的「兄弟」……

讓他感覺很複雜的二哥，還有亂揉人頭髮的壞習慣，總是小珞小珞的叫，徹底把他當小孩子。應該不親的庶五弟，卻會在二哥開玩笑的欺負他時，總是護著他。

「你這小子喜新厭舊。嘖嘖……」璎哥兒搖頭。

「二哥你多讀點書吧！『喜新厭舊』是這樣用的嗎?!」

但是「以文會友」的跑關係時，又一定會把他帶上，兩個都熱情無比的說，「我四弟。」「我四哥。」原本以為會艱難無比的人際關係開拓，就這樣輕輕鬆鬆，毫無窒礙的打入京城勛貴文人圈。

琯哥兒特別護著他，很明白他不善交際，提點著要怎麼圓滑不得罪人的和這些京城貴公子們來往，可能成為主考官的大人們喜好和禁忌，特別的，護著他。

想不明白。但他不是個不識好歹，不知感恩的人。祖母講究禮法，強調長幼有序、嫡庶有別。但呈現出來的頂多就是服色上該滾幾條邊，姑娘們的衣服繡花多幾蕊或少幾蕊。

而且長幼有序還在嫡庶有別之前。因為都是謝家子孫。潛移默化之下，他對嫡庶沒有太大的個人喜惡。但這個比他小一歲的庶弟如此相護，他也願意投桃報李，學著二哥那樣相友善。

連他那陌生的爹，都會在他們哥們用功的時候，踱進來看看，有那麼一點不好意思的強做鎮靜，特別指點他的功課……雖然他比二哥和五弟都強很多很多。

……或許回家也沒有那麼不對。他回到家了。

他不知道，琯哥兒看著他的時候，就會想起一個人，和他長相氣質很類似的人。

那個冷冰冰的三哥。

祖父母來京幾天，他就被山長毫不留情的踢出書院。「既然是我關門弟子，白佔一個學生名額作甚？滾回去一家團圓！」

一家團圓？嗯，現在這個家的確像是個家了……祖父母雖然不很熱情，待他還是很和藹的，嫡母沒得興風作浪，三天五日就去上香兼散心，要不就到處和合脾氣的夫人打馬吊串門子。二嫂一直待他那麼好，當家以後他的日子輕鬆了，這個家終於名符其實。

但還是少了一個人。那個他曾經有點害怕、待他那麼冷淡，連話都不跟他講的……三哥。

可沒有三哥暗地裡的幫助，他不會有任何開始，連二哥想教他旁門左道都不會有機會。

年紀越大，他體會越深，越了解三哥的不得已，和為他做了些什麼。

可他什麼也沒有替三哥做過。

所以他忍不住，對很像的四哥好，慢慢覺得，四哥老板著臉不是不高興，只是不擅長跟人往來，而且有些內向，甚至太老實。對他好，他就會盡力回報。

這樣，讓他越來越想念三哥。那個從小就偷偷拿「破書爛筆」給他「引火」，費盡苦心找足藉口，自己都萬分為難艱困的處境中，還會憐憫這個最小的幼弟。

他卻，連一封信，都沒寫給三哥過。

一個鯉魚打挺，他跳起來，掌燈磨墨，久久不知道怎麼下筆，墨滴在紙上暈染了一點。

啊～不管啦，夾死督易（二哥說的，不知道哪來的黑話），做就是了！

他想到什麼就寫什麼，感謝三哥為他做的一切，他都明白。他長大了，三年後要考舉人，然後希望二哥吊車尾上榜，能夠跟著二哥外放，當個教諭就可以。他要跟三哥一樣，有自己的家……他已經訂親了。還有四哥回來了，和三哥很像很像，人也很好。對不起一直沒報答三哥什麼，連寫信都不好意思……

越寫越多，寫了一整夜。第二天黑著眼圈請二嫂幫他遣人送信給三哥。

二嫂只是挑了挑眉，什麼也沒問，很爽快的應了下來。

那封厚厚的信讓冷臉三爺露出難得的驚愕，厚厚一大疊，署名更是摸不著頭緒，居然是他那連話都沒說過幾句的幼弟寫來的。

一張張看過去，他搖頭苦笑，看著看著，將他的娘子嚇了個不輕。

這個冷心冷面、處事嚴厲剛強的年輕知縣大人，居然落了兩行淚。

「夫、夫君？」她小心翼翼的喊。

子琪站起來，俯身緊緊的抱住自己的娘子。知縣夫人都炸毛了。

她也是庶女，照門第根本攀不上謝尚書府。而且她連清秀都沾不上邊，自知婦容有虧，根本想也沒想過能嫁給這樣高貴名第、身有功名的公子。

雖然是庶子，可是長得這麼俊、又有功名……成親這麼多年她還有如在夢中的感覺。新婚時看到夫君妖嬈美豔的房裡人，她都自慚形穢了。

她只能硬著頭皮，小心翼翼的知禮守分，婆婆和她的嫡母性子差不多，被折騰完全不意外，屋裡人擠兌她也是理所當然的，她並沒有抱怨。

嫁得已經比她想像中好千百萬倍了，所以她更小心的照應著夫君……甚至還偷偷愛著他。她什麼也不會，就一手女紅拿得出手而已，她表達愛意的方法很笨拙，只是親手裁製夫君裡外所有衣裳，在微小的細節極盡心力，衣食住行注意打點而已。

為什麼會被專寵，她完全不明白，孩子都生了，依舊茫然。

上任第一件事情，夫君就發賣了那個美豔的房裡人。之後總有人送女人來，夫君收下來當通房，卻都在她房裡。她若不方便的時候，就去書房睡，幾年就把通房發賣了。

那些女人就這樣來來去去，對她有一點兒不客氣都會引起夫君勃然大怒，立刻被趕出門……她不明白。

總是冷冰冰的夫君甚至跟她解釋，「官場上後宅連個通房都沒有，會被人說三道四。」

他根本不用解釋的。

「……夫君，妾身不敢不賢。」她低下頭，有些惶恐的。

但她的夫君定定的看了她好一會兒，看得她坐立不安才開口，「妳就保持這個樣子，千萬不要變。妳是庶女，我是庶子。但我的孩子只會是嫡，也只有嫡。絕對沒有那種奴不奴、主不主的庶子庶女。」

……為什麼？她不敢問。只覺得眼眶溼潤，一開口怕掉下眼淚。

像現在，夫君擁著她流淚，她還是不敢問。只是怯怯的抱著他，輕輕撫著他後背，無聲的安慰。

「我嫡母生平只有一件事情讓我感謝。」子琪平靜下來，「為我娶了妳。」

* * *

知道琯哥兒寫信給琪哥兒，瓔二爺偏頭想了一會兒，「就說我也問候他……對不住，雖然以前的事都不記得了，連他長什麼樣都不知道……畢竟兄弟不是？有什麼需要幫忙的讓他回家講，不要藏著瞞著，怎麼說都是爹的兒子是不？」

或許在軍中待太久了，他還保有那種強烈的「同袍」、「兄弟」的概念，接受琯哥兒和小珞都很簡單……想成一起入伍的學弟就很容易，一點障礙都沒有。隊上當然也有內鬥啊摩擦啊等等等，但是對外都很一致性的護短和團結。

他們隊上就是這樣。

把「謝家」代換成「陸戰隊」，兄弟關係一點問題也沒有，何況兩個學弟……他是說弟弟都不是擺爛的死草莓，勤奮得很。至於那個遠在天邊當知縣的弟弟，也不妨看成同隊外調沒相處過的學弟……終歸是同隊嘛。

但他卻不知道怎麼面對搬來浩瀚軒的津哥兒。

說他小氣也好，心胸狹窄也罷。他一直很糾結、耿耿於懷。前人造的孽為什麼是他收這種綠雲罩頂的尾……如果是御姐兒生的，他還可以當成御姐兒離婚帶在身邊的小孩，愛屋及烏的扮演好繼父的角色……

這小子就是個小三生的啊喂！

每看一次就扎心一次，總是提醒前身有很多小三，而他竭盡全力收完前身所有的爛攤子，唯獨這一個……徹徹底底束手無策，只能呈現鴕鳥狀態，盡量忽視。

現在卻沒有辦法，每天津哥兒都會來晨昏定省，他累了一天想要跟御姐兒溫存一下，卻得排在這小子後面……

這算什麼啊?!

顧臨觀察了一陣子，忍俊不住，獨處時推了推他，「有了後娘，就有後爹？」

「連爹都算不上，哪來的後爹？」二爺咕噥。

顧臨皺眉，「怎麼可以說這種話？讓人知道還不知道怎麼傳……」

對，他知道不理智、小氣、太不符合大燕朝的規矩了。但他真的太憋，太難受了。別忘了不久前他還是個厭惡小三的大法師預備役，很有一點精神潔癖的。這小子卻是個證據，謝子瓔和小三這樣那樣的鐵證。

他冤啊，比屈原還冤啊！什麼他都能梗著脖子認了，想辦法補破網。但只見過那隻胖海象一次，不要說肉，連肉湯都沒聞過，就得死逼著他認帳……他真的受不了了！

「他不是我兒子！」瓔哥兒爆炸了。

「瓔哥兒！」顧臨輕喝。

再也受不了了，「我不是謝子瓔！我是趙國英！我才不是謝子瓔那破爛貨，更沒有劈腿生小孩，我……」

他沒能繼續說下去，因為顧臨摀住他的嘴，輕輕噓道，「這種話不可再說。你現在是謝家子孫，背祖忘宗於仕途太不利了。人生有很多不得已、不可說。記住，你現在是謝子瓔、二爺、瓔哥兒，就算是對著我，也得咬死這麼認！懂不？」

瓔哥兒覺得自己的腦袋成了一桶糨糊，愣愣的看著眼神認真的顧臨。

……等等!!「現在」是謝子瓔？什麼是「不可說」？難、難道……御姐兒早就知道……

「妳、妳怎麼……」等顧臨鬆了手，腦袋還是糨糊狀態的瓔哥兒渾渾噩噩的問，「妳怎麼知……」

「國瓔？可惜重了你的名。不然請山長為你取為字也不錯。」顧臨沁著個淡淡的笑意說。

「不重不重，這樣寫的。」他沾了茶水，在桌上寫下「國英」兩個字。

「瓔者，似玉美石。國英，國之含英。名與字這樣搭可以說得過去了，明天你就去求山長吧。爹之前對二爺太失望，一直都沒給你取字……可得把握了。」

我可以取回前生的名字。瓔哥兒愣了好大一會兒。我可以。

……等等等等！這很值得高興，但絕對不是重點吧?!

「御姐兒妳……什麼時候……我什麼地方露馬腳了？……」他語無倫次、顛三倒四的說了一大串，那傻樣把顧臨逗笑了。

「之前只是疑惑而已。」她淡淡的說，「盡忘前塵，連話都不會講的人，怎麼瘋傻好了，記得的都是別人聽不懂的黑話？但我本來以為……是二爺漸漸恢復了，所以沒有細想。其實仔細串一串，早該明白了。枉我與你日夜相處，已經是遲鈍了。」

* * *

因為顧臨淡淡的說，「津哥兒也不是我親生的，但名分已定，就是我的責任。」

一向相信「聽某嘴大富貴」的瓔哥兒，仔細想了想拍案，「也對，某個角度來說，這小鬼父母雙亡……也是可憐的。」

只是這個神經很粗的瓔二爺，即使已經從大法師預備役轉職成禽獸有段時間了，還是不擅長探索自我。他沒意識到自己會那麼排斥津哥兒，只是很單純的「那不是我的小三，我沒跟小三生孩子」這種單純潔癖，一旦跟御姐兒解釋清楚，真相大白，既然冤屈已經洗刷，對津哥兒就沒什麼芥蒂了。

雖然是鐵錚錚的男子漢，但他心腸很軟。一把津哥兒定位成「孤兒」，就分外的和藹可親，很盡責的榮膺養父一職，就如他那倔強牛脾氣一樣，幹啥都要幹到最好，當這個養父也是幹得有聲有色。

反正一家子大小都是便宜來的，又不差這麼一個小鬼。而且呢，人心是肉做的，久了有感情，原本的便宜貨都能養得貴重無比……死追活追好不容易追到手的親親老婆御姐兒不消說，誰敢欺負琯哥兒和小珞想都別想。老爹挺到這地步，早就漲價成績優股，千金不換了，連不太熟的祖父母都在他心底佔了一席之地。

至於那個史詩神器級的便宜娘……好吧，御姐兒說得對，天殘地缺，世事古難全。反正現在也讓祖母大人壓得氣都不敢大喘，更不會掀風作浪，該有的禮數有了，將就吧。哪有萬事如意這樣的好事？

御姐兒現在當著家呢，祖母大人對她很滿意，家裡風平浪靜。真是家有一老，如有一寶啊！他這個祖母大人根本就是定海神針級的大法寶！

現在他出門讓老瘋子山長蹂躪，帶著弟弟們跑關係走後門時，心都安了不少。

瓔哥兒這麼想，也好。省得還分神家裡的事情……男兒志在四方，哪能為了內宅蝸角之爭分心？顧臨默默的想。

的確，太夫人在京鎮守，謝府「暫時」的平靜下來。但人年紀大了，都有落土歸根的渴望。太夫人和老太爺常常唸著老家的點點滴滴，總是想著回去。

他們只是心疼從小養大的珞哥兒，才熬著這把老骨頭，千里迢迢的來。但三年後考完，不管結果如何，勢必要回去的了。

再說，明理的太夫人和老太爺，一天天衰老，但保養得宜的謝夫人，還值壯年。總有一天，太夫人和老太爺會不在了，謝家長房的主母，還是謝夫人。

不知道是被人提點，還是自己想通了，謝夫人消停下來，不再找她的碴，卻總是冷冰冰的打量她，嘴角噙著不屑而殘忍的笑。

不用說遠了，就說太夫人和太爺一回蘇州，謝夫人一定會竭盡全力的讓她難受到極點。

雖然無聊，卻是半輩子的長期抗戰。

但她怨恨謝夫人嗎？不，並不。

這倒不是說來好聽的，而是她相信因果報應。總有一天，她的祖母會抵不過歲月的消磨撒手，她的母親會成為顧家主母。娘親可是比謝夫人有心機手段、更陰狠含恨。自己不好過，絕對會讓別人更千百倍的不好過。

庶妹都已出嫁，庶弟也多分家別居，矛頭只能指向她的大嫂。她大嫂的處境會比她更為艱難困頓，父親那些姨娘大概也不會有什麼好果子吃……

不用怨也不用恨。如太夫人和她祖母如此睿智的婦人真是千裡挑一，難得尋了。大部分的婦人還是熱衷於內宅蝸角之爭，井底之蛙般的自鳴得意。

也好在有太夫人和她祖母，所以顧謝兩家即使換了主母，也不至於就此而衰……只要她熬得住，她的大嫂也沒熬出怨恨來，就不會波及到下一代。

只是想到女人的生命盡浪費在這種無聊透頂的鬥爭裡，她就會打骨子裡沁出一股深深的疲憊。

即使瓔哥兒運氣好到爆炸的金榜題名，能夠外放為官……那也只是舒心幾年而已。終究還是得回來，身為嫡長子的瓔哥兒，身為嫡長媳的她，說什麼也逃不掉的。

但她的抑鬱並沒有維持很久。當看到瓔哥兒興沖沖的跑回來，手裡擒著一枝胭脂梅，笑嘻嘻的遞給她時……突然覺得，若是為了這個人，再多的煩惱困頓，都值得殫竭心力的一一克服消滅。

士為知己者死。何況不到死的地步，不過是應付個徒有身分、心計不足、嚴重智缺的婆母。

她笑得很美麗，甚至比手裡的胭脂梅還豔。瓔哥兒覺得自己快被電暈了，只想拜倒在石榴裙下，山呼御姐兒萬歲。

* * *

風平浪靜的日子總是過得特別快，轉眼已三載。

珞哥兒成了最年輕的探花郎，媒婆正式踩爛了謝家的門檻。琯哥兒在山長的蹂躪和二哥的旁門左道啟發下，毫無意外的高掛京畿舉子之首。太夫人大悅之下，還特別留下來為他辦婚事，順便替珞哥兒親自選媳婦兒。

瓔哥兒卻陰風慘慘了好些天，悶著不肯出門。

倒不是他沒中……他不但中了，還是第一……倒數。三甲最後一名。

他知道名次會很難看，但沒想到難看到這種地步……比不中還糟。皇帝知道他的名次後笑了一個前俯後仰，御筆親書了一匾，第一行字很大很豪邁，「三元及第郎」，第二行很小很秀氣，「倒數」。遣人送到謝尚書府「慶賀」，還破例讓他這個三甲最末和狀元榜眼探花郎一起騎馬遊街。

他那群朋友都不是好貨，看到他都捧腹大笑，「浪子回頭金不換……難得。三元及第郎……倒數！」

氣得他想跟這些勛貴公子哥們全體絕交。

這是赤裸裸的羞辱啊羞辱！

還是顧臨費盡苦心的勸慰，連「捨身飼虎」都拿出來用了，再三保證在她心目中瓔哥兒絕對比「三元及第郎」還厲害很多很多……才把陰風慘慘的瓔哥兒給哄過來。

雖然顧臨也很想笑……但絕對不會在他面前笑出來。大燕皇帝太風趣貼切了……可不是？從童生試一直到進士考，死守倒數第一，一步不進，一毫不退。換個角度來看，也是另一種驚世絕豔。

最後因為這個說起來實在太淒慘的成績，他被分發到閩地當知縣，就比瓊州好那麼一點點。跟珞哥兒直接進翰林免考當庶吉士比起來……真差得太遠。

但琯哥兒卻和謝尚書吵了一架，雖然又苦又遠，他還是堅持要止步於舉子，跟二哥一起去闖地。

「兄弟是幹嘛的？有難同當用的！」他很理直氣壯的把二哥的話搬出來用，居然讓老爹措手不及，啞口無言。心很實的珞哥兒居然鬧著不去翰林院了，也要同往，更讓他老爹不知道該感動好，還是把這兄弟仨捆來一起打一頓好。

後來寧帝知道了這事兒，感動得一塌糊塗，破格兒讓瑄哥兒以舉子之身穿上了縣丞的官皮，輔佐他二哥去了。還把新科探花郎叫來好生安慰一番，家有父母，就剩這麼一個老四了，總不能讓爹娘這把年紀還膝下猶虛是不？

不愧是朕的老師，瞧瞧這兄友弟恭的子孫！哪像那幾個皇家兒子……哎，不提了不提了。

皇帝不知道的是，他認為「兄友弟恭」的兄弟仨，除了太認真又心太實的珞哥兒在房裡偷偷掉眼淚，捨不得兄弟，心情一直不太美麗的瓔哥兒揪著瑄哥兒的領子，咬牙切齒，「哇靠！拿你哥當擋箭牌使得挺順手的嘛……」

剛成親不久的瑄哥兒雙手一攤，「二哥，這也是你教的。兄弟除了拿來有難同當外，就是相害用的。我還替你博一個『友愛弟弟』的美名欸，看我這弟弟多好，聽話又貼心，哪找啊？……放手放手，我娘子一定等急了……」

「十七歲的小鬼就有肉吃？哼哼哼……是你哥我寬宏大量，讓你嫂子替你提了！真該把你憋到當大法師的年紀才對……」

「大法師？那又是啥？二哥你不要滿口黑話，忒難懂……」

「看在你是疼老婆的份上不跟你計較了……差點害我也挨爹的一頓棍子你這小渾球！」瓔哥兒鬆手，朝他輕輕一踢，「滾滾滾！照這辦勢，你將來定是妻奴無疑！哼哼……」

「誰讓我啥都學二哥呢。」琯哥兒嘆氣，轉身拔腿就跑，「二哥都那麼妻奴了，小弟我怎麼能不跟從榜樣……哎唷！」

跑得雖快，卻還是挨了瓔哥兒脫下來的一只鞋。但他還是一路賊笑著跑回去，跑向他那個笑起來甜得跟荔枝一樣的新婚娘子，心裡甜絲絲的，吞了一大嗓子蜜似的。

後記

顧臨在縣門內衙看著太夫人寫來的信。

當初他們啟程時，太夫人出乎意料之外的鎮守到他們離開，謝夫人只能朝著他們死命丟眼刀，連句話都沒得說。

講起來，顧臨佩服的人很少，但對太夫人，甚至比祖母還佩服……祖母好歹是傅氏嫡傳，身懷絕技，太夫人可是手無縛雞之力的尋常婦人。卻能發揮璎哥兒口中「定海神針」的強大法力，在後宅穩若泰山，舉重若輕的鎮住場子，這實在太不簡單了。

與之相較之下，顧臨覺得自己實在太嫩，性子太急，總是用武力鎮壓，沒耐心和那些吃飽沒事幹的人慢慢磨。

沒想到，她還是把太夫人看得太淺了。

太夫人用很淡的口吻說，她終於將珞哥兒的親事給訂下了，門當戶對，正二品太僕寺長卿王大人，母親出身極貴，卻知書達禮，小娘子王小姐也類母，聰明伶俐，難得不跳脫守禮本分。

最重要的是，滿足了謝夫人攀上皇親國戚的願望——王小姐是定國長公主唯一的孫女。定國長公主誰？是寧帝一母同胞的姊姊，前皇的嫡長女。寧帝初即位時年紀尚輕，長公主一路扶持，耽誤了年華。寧帝地位一穩就功成身退的尚給一個三品小官，不再過問國事。極受寧帝敬重，廝見時堅持不行國禮行家禮，賜號定國，連長公主的女兒都封為安國郡主。若不是長公主堅辭，差點兒連孫女都封了。

想了一會兒，才恍然想起某個庶妹跟她提過這位身分尊貴的王小姐，小名笑笑。當然不是真的名字，只是爽朗大方，在閨秀圈子裡是個愛笑的，又不看人下菜碟，是難得的千金小姐。

看到信末，顧臨倒是真的笑了。太夫人不無促狹的說，「一物降一物，京城謝府終有寧日也。」

想來謝夫人大概也就只能高興到娶親時……定國長公主的孫女，安國郡主的嫡女，不說那堅如磐石的娘家撐腰，這樣有手段知進退的長公主教養出來的孫女，會是好相與之輩？

她對太夫人的敬佩又深了一層。

這京城到閩地，真不是普通的遠。不說津哥兒累病了，讓她憂心的抱在懷裡抱了一路，弟妹又把她嚇著了——進門兩個月，喜脈月餘，可說是過門喜了。

有孕的有孕，病的病，她不免焦躁些，路上又不甚太平，也就少了耐性，掀簾打發那些沒路用的小癟三，瓔哥兒倒是司空見慣，把瑄哥兒嚇了個不輕。

幸好都沒造成什麼太大的麻煩，他們終究平安抵達閩地。只是瓔哥兒愴然的看著縣衙半天，嘀咕著，「靠，唐山縣……還真的有個唐山縣……我還以為是行文錯誤，真的有……真的是……」

等安頓下來，瓔哥兒才吞吞吐吐的說，那個「趙國英」是土生土長的台灣人沒錯，祖先卻是「唐山過台灣」來的。

只是他很快就鬱悶了，「聽無啦，聽起來像，可是聽無啦！夭壽骨……京城方言和官話沒學夠喔?!還要學這似是而非的閩南話，真的夠了……」

抱怨歸抱怨，他還是跟著琯哥兒早出晚歸，每天都忙得興沖沖的，比在京城開心得多。

閩地的規矩也比京城鬆弛太多，婦女出門不是什麼希罕事，哪怕是官家千金。她偶爾會帶著津哥兒上街，身邊只有一個甜白——論防身，十個護院捆在一塊兒也抵不過她一隻手。

弟妹性子和順羞怯，和她相處得很好。雖然雨水總是太多，悶熱潮溼，但對她來說，都不算什麼。能生活得如此舒心快意，已是難得。

但某天傍晚，瓔哥兒神祕兮兮的把津哥兒硬抱給奶娘帶，拖著她出門兒了。

「……我自己會騎馬。」顧臨有些莫名其妙兼害羞。閩地雖民風開放，但男女共轡還是引人注目的。

「我知道，而且騎得比我好。」瓔哥兒漫應，「可妳不知道路。」

出了城門，往前一里多，就聽到浩浩湯湯的流水聲。奔到蘆葦遍布的河岸，一葉扁舟輕輕的晃蕩，蹲在一旁抽旱煙的船家笑嘻嘻的站起來唱個肥喏，「謝父母！」

「租金先給了哈，賣講當父母官的賴帳。」他扔給船家一個銀角子，就攙著顧臨下馬上船，有些笨拙的點篙離岸，搖櫓到江心，飄飄盪盪。

覷著左右無人，蹲下來脫顧臨的鞋襪。

「璎哥兒你幹嘛?!」顧臨大驚，想阻止他。

「不怕不怕，沒人兒的，今日禁漁……這兒也荒僻，不會有人瞧見。」說著就脫完了顧臨的鞋襪，又笨手笨腳的拆她的髮髻。

「璎哥兒不要鬧了！」顧臨的臉已經紅得要滴血了。

「我沒有鬧啊。」璎二爺有些莫名其妙，又有些不好意思。「不、不是妳說，最、最想要就是『散髮跣足弄扁舟』？我偷偷練好久呢……五湖四海先、先欠著吧……」

……那是多久以前說的一句話？為什麼他還記得？

璎哥兒又清了清嗓子，「那、那個……其實我、我一直想這樣兒，唱個曲兒給妳聽。哈哈，我也知道不搭調，可妳一講什麼弄扁舟我就想到這首歌……可以前都沒人可以唱給她聽……」

「……嗯。」顧臨抱著膝蓋，看著天上漸漸遠去的晚霞，和悄悄升起的江月。

他背著顧臨搖櫓，覺得差了個死人。但他還是大法師預備役，很憧憬愛情的時候，就非常渴望有機會唱個歌浪漫一把。死追活追還差點追丟了親親老婆的心，怎麼追回來的……坦白說，他也還糊裡糊塗。光滾床單總有點不滿足，缺了一點什麼。

「這綠島像一隻船，在月夜裏搖啊搖。
姑娘呀，妳也在我的心海裏飄啊飄。
讓我的歌聲隨那微風，吹開了妳的窗簾。
讓我的衷曲隨那流水，不斷地向妳傾訴。
椰子樹的長影，掩不住我的情意，
明媚的月光，更照亮了我的心。
這綠島的夜已經這樣沉靜……

姑娘喲，妳為什麼還是默默無語？」

我的嗓子就不能柔和點嗎？唱完以後瓔二爺有些悲傷。為什麼把這麼濃情蜜意的「綠島小夜曲」唱得跟軍歌一樣雄壯威武啊啊啊！

難怪親親老婆「默默無語」，他都想掩面而泣了。

顧臨大概是走動了，扁舟微微搖晃，然後從他背後抱住，掂著腳湊在他耳邊，輕輕的說了三個字。

這下子，知縣大人、謝父母官、瓔二爺，讓這句被說爛了的三字妖言給激得虎目含淚。

終於把最後那一點兒缺給補滿了。

他不敢轉身，卻粗著聲說了十遍百遍。直到英明神武的御姐兒溫熱的淚水滲入後背。

什麼叫做「心滿到溢出來」，他終於明白了。有時候，瓊瑤阿姨也是很有哲理的。

（臨江仙下集完）

作者的話

我終於把這部「家長裡短」的《臨江仙》寫完了。如果有想看番外的……拜託饒了我吧！（翻桌）

到現在還處於靈魂虛弱狀態，字數……將近十五萬，也就是說呢，大約可以出成兩本上下集。

其實我很納悶，因為我並不覺得有什麼重大情節……通通是家裡瑣碎的小事，而且我會寫這部，事實上就是想逃避寫楚王的故事。因為楚王府的情形很複雜，我對那種上升到皇家等級的宅鬥覺得有心無力，字數破百萬都不稀奇……何況我也懶得寫宅鬥文。

可又想寫傅氏宮人的故事……怎麼辦呢？

剛好我又第一百次的看星爺的「審死官」，哈哈大笑之餘，突然對梅豔芳所飾演的宋夫人好奇起來。

宋夫人身手之好，看過電影的都知道，而且很可能是峨眉派弟子。可是這麼厲害武力超群的宋夫人，對老公還是撒嬌，不是武力鎮壓。大部分的時候都溫和有禮，謹守閨訓。

當初設定傅氏後人的時候，就將她們設定成很有一把防身功夫，但宋夫人讓這個形象更突顯出來了。

剛好養病期間看了不少穿越小說，越看越覺得……算了，我來寫好了。

這次來玩個新的，男穿，可是從女主角的角度來主觀。順便把我對穿越小說的公式歸納順便嘲笑……呃，探討一遍。

因為是抱著一種輕鬆的心態，所以顧臨不消說，就是我最喜歡那種外柔內剛、武力超群的御姐形態，男主角也不是虎軀一震，眾人納頭就拜的人物。就是個倒楣到不能再倒楣的大法師預備役，只是跟我過往對男性的視角不太相同。經過一些訪談和了解後，我才發現其實好男人是真的有的，只是現代人的社交圈真的很狹小，比較潔身自愛的男人跑去當宅男，或者陷在男多女少的環境，現代人的生活圈子真是看似自由實則非常狹隘，也沒比古人好到哪去。

若不是一時興起的做了這樣非正式的訪談，我也不會得知這樣令人震驚的真相，仍然陷入「男人全不是東西」的迷思中。當然英哥兒不夠英明神武是真的，有點優柔寡斷，也不能創不世功業，也就個很普通的宅宅職業軍人。會有夢想和幻想，但也有固有的潔癖和有色心無色膽的毛病。

我只是想忠實的將訪談側寫得盡量精準，想寫一個普通卻很拗很牛脾氣，遇到困難迎頭而上、想辦法解決而不是轉頭逃避的現代好男人罷了。

其實，真的有決心和能力實現種馬後宮的男人，坦白講還滿少的。能穿個時代馬上更改一夫一妻的教育，將從小到大所有的潛移默化徹底拋棄，我只能說佩服。

要知道古代人不怎麼愛洗頭洗澡，頭油和化妝術與現代大不相同，審美觀更是天差地遠。能吞得下去立刻後宮種馬的男人我只能說佩服佩服，其守備範圍之寬廣非常人所能及，難怪可以呼風喚雨建不世功業比吃飯還簡單。

抱著愉悅（並且惡搞）的心情，我很樂觀的預計七萬字了結，說不定還寫不了那麼多呢，哈哈哈……

只是很快的，我就笑不出來了。

一開始，目標都很明確，連結局都設定好了，綠島小夜曲也待命中。《臨江仙》事實上就是顧臨的名與字，結局就是扣在這個名與字和最終的場景。我也不想寫太多宅鬥，只是這類的婆婆雖然被讀者罵得很兇，也在預期之內……只是從古到今，甚至是二十一世紀的此時此刻，雖然我誇張渲染過，但實質如此的還是不少。把小孩子教歪呢，還是我親眼所目睹，有文本的。

但這樣精簡的主線和小規模宅鬥，卻越寫越長越寫越長……沒完沒了了。若是用起點或晉江那種鉅細靡遺、度日如年的寫法，破百萬完全不意外……明明就是很簡單的主題。

在讀者還沒煩之前，我先煩了。但煩也是得寫完呀，所以我把定海神針的太夫人用最自然沒有絲毫突兀的狀態下請來坐鎮，好讓我直接跳過三年的「度日如年」。

嚴格說起來，這部實在不算標準的宅鬥文。因為各項數值都相差太遠，所謂「鬥」，也得有個（或幾個）實力相當的對手是不？一來是我看別的作家寫穿越實在很難忍住吐槽的衝動，二來是我覺得，若是家家戶戶都這麼敏於內鬥，下毒暗殺啥鬼的通通來，不用等外人殺了，這家早垮了，還有什麼好鬥？

一定是有幾個清醒冷靜的人，真正的遵守禮法，站住了「理」這個字，把家族放在心底，才會有累世簪瓔之家的出現，而不是像《紅樓夢》的賈府一樣，老太君一棄世，就樹倒猢猻散了，整個垮掉。

就是因為這些不切實際又毫無用處的思考，導致這部小說越寫越長，越寫越長，寫到我自己翻桌了。

懶得寫皇家宅鬥我才挑這個看起來比較短的題材寫，為什麼到最後這些雞零狗碎還是一寫破十萬啊?!

早知道我就把楚王妃寫一寫不就完了？那不是更能寫清楚我想寫的顧氏宮人？

現在我完全不想碰這類題材了啦！幸好當初我懶得想名字和官制，真把這些通通補上去騙字數……哇靠！我都不敢想像了。

讀者對楚王有很深的好奇，其實我也在腦海裡替他補完……只是懶得寫。因為補完以後，我發現非給大燕朝這個歧途的起因給個交代……好麻煩。

其實在這部許多讀者已經隱隱約約的發現到，威皇帝慕容沖之所以沒有成了曇花一現的悲劇小受，就是傅氏宮人的輔佐。

對的，傅氏也是穿的。而且是特別研究慕容諸燕的女博士穿的。穿來的時候剛好是慕容沖人生最悲劇的時代，傅氏原是他身邊監視的小宮女。原本基於同情和義憤，這個有點書呆子氣的女博士繼承了前身的身手和記憶，加上她本身的才智，當然非常驚世絕豔，足以輔佐慕容沖扭轉乾坤，造就了大燕朝這個歷史歧途。

生死與共的烽火兒女情，也特別容易催化男女情感，慕容沖曾經對傅氏發誓，有朝一日能立不世功業，南面為王，只立孤后傅氏，絕無其他。

但登基為帝，卻不是就此隨心所欲。最後慕容沖屈服了，立了心腹臂膀的嫡長女為后，意欲立傅氏為貴妃。

但傅氏不肯接受這樣的結果，血書了一橫幅：「一生一世一雙人？」就帶著肚子裡的孩子，離宮遠走不知所蹤。

她生下的是個女兒，之後就開啟了傅氏嫡傳的傳承。慕容沖在傅氏離宮後，不斷的派人尋找，一直找到他過世，還留下遺命尋找傅氏或後人。

嚥氣時，他還眼睜睜的看著那幅血書不肯閉眼。

傅氏這種母女相傳，而且只傳嫡長的傳承，到開國百餘年，傳到顧家大姑姑手裡，到鳳帝剛登基不久，開國三百餘年，楚王當立王妃時，傳到冷府二小姐的手上。

而關於傅氏，一直都是慕容皇家的一個皇家祕史。畢竟祭拜太祖威皇帝時，陪祀的不是鄭皇后，而是連名字封號都沒有的「傅氏」。楚王甚至見過那幅陳舊字跡黯淡的血書。

一開始，楚王並不知道冷府二小姐是傅氏嫡傳，只是鳳帝催他成親，他不得已的參與了元宵宴，發覺人如其姓的冷小姐身懷人所不知的武藝，避開了差點被暗害出糗的「意外」，覺得她應該適合當楚王妃，尋機隔簾問了冷小姐意願，卻被拒絕。

原本想丟開手，又聽聞了冷小姐原是冷府嫡妻所生，繼室有意將她送與人為妾，才又悄悄的潛入冷府，隔窗再問了一次。

冷小姐自言先人有命不嫁慕容氏，楚王才知道她是傅氏嫡傳。

這次他乾脆的請鳳帝指婚，把冷二小姐娶回家當王妃了。

這對臉上都能刮下二兩霜的人兒，其實一生都琴瑟和鳴，生死不渝。徹底瓦解了傅氏傳人和慕容皇家三百多年來的陳年舊恨。

…………

想想很有趣，只是寫起來會很長、很長、很——長，所以我選了個比較短的來寫。只是沒想到還是爆表的長。

我到底是有什麼毛病呢？我很納悶。

蝴蝶2012/10/11

國家圖書館出版品預行編目資料

臨江仙 / 蝴蝶Seba 著. -- 初版.
-- 新北市 : 雅書堂文化, 2013.01
面； 公分. -(蝴蝶館 ; 59)
ISBN 978-986-302-092-9(下冊 : 平裝)

857.7 101024261

蝴蝶館 59

臨江仙 下

作　　者／蝴　蝶
發 行 人／詹慶和
總 編 輯／蔡麗玲
執行編輯／蔡毓玲・蔡竺玲
編　　輯／林昱彤・劉蕙寧・詹凱雲・李盈儀・黃璟安
封面繪圖／宛兒爺
封面設計／陳麗娜
執行美編／周盈汝
美術編輯／徐碧霞

出版者／雅書堂文化事業有限公司
郵政劃撥帳號／18225950
戶名／雅書堂文化事業有限公司
地址／新北市板橋區板新路206號3樓
電子信箱／elegant.books@msa.hinet.net
電話／（02）8952-4078
傳真／（02）8952-4084

2019年02月初版八刷　定價220元

經銷／易可數位行銷股份有限公司
地址／新北市新店區寶橋路235巷6弄3號5樓
電話／(02)8911-0825　傳真／(02)8911-0801

Seba・蝴蝶

Seba・蝴蝶

Seba・蝴蝶

Seba · 蝴蝶